물

시와소금 시인선 · 188

물(테마시집)

ⓒ물詩 발간위원회. printed in Seoul, Korea

초판 1쇄 인쇄 2025년 12월 19일
초판 1쇄 발행 2025년 12월 24일
지은이 강영환 외
펴낸이 임세한
디자인 유재미 정지은

펴낸곳 시와소금
출판등록 2014년 1월 28일 제424호
발행처 강원 춘천시 충혼길20번길 4, 1층 (우24436)
편집 · 인쇄 주식회사 정문프린팅

전자주소 sisogum@hanmail.net
구입문의 ☎ (070)8659-1195, 010-5211-1195

ISBN 979-11-6325-103-3 03810

값 22,000원

시와소금 시인선 188

테마시집

물

시와 소금

이 시대의 서정이 살아있는 시, 새로운 상상력과 이미지를 추구하는 시를 발굴하고 소개하는 《시와소금》에서는 올해도 소금시 앤솔로지를 펴냅니다. 2013년엔 **<소금>**을, 2014년엔 **<술>**을, 2105년엔 **<혀>**를, 2016년엔 **<살>**을, 2017년엔 **<귀>**를, 2018년엔 **<눈>**을, 2019년엔 **<발>**을, 2020년엔 **<코>**를, 2021년엔 **<손>**을 테마로 소금시집을 엮은 바 있습니다.

올해의 소금시집 엔솔로지는 우리 몸에서 없어서는 안 될 **<물>**로 테마를 정했습니다.

전국의 시인들이 나름대로 물과 생명, 물과 상처, 물과 사랑, 부드러움과 강함, 존재와 가치, 그리고 물로 인해 빚어지는 삶의 내력들을 진솔하게 짚어주셨습니다. 각자의 개성적인 표현을 통해 살아서 움직인다는 것의 소중함을 새삼 깨닫게 해주었습니다.

이제, 시를 사랑하는 분들 앞에 『**소금시―물**』을 자랑스럽게 내놓습니다. 이 시집에 수록된 241편의 작품들을 통해서 서로 소통하는 환한 세상이 만들어졌으면 좋겠습니다.

물詩 발간위원회

|차례|

|소금시 – 물 을 펴내면서|

ㄱ~1

강기원 | 파도의 교실 • 12
강병철 | 마룡저수지 • 13
강영은 | 물의 노래 • 14
강영환 | 강물 소리 • 15
강중훈 | 유서처럼 떠 있는 섬 • 16
공광규 | 물방울 • 17
구경화 | 결렬되었습니다 • 18
구명숙 | 물처럼 • 19
구애영 | 하늘우물 등대 • 20
구재기 | 물의 함성 • 21
구지혜 | 다시, 정자교 • 22
권달웅 | 꿈꾸는 물 • 23
권순자 | 물렁한 세계 • 24
권영하 | 팔색조 • 25
권정남 | 황과수 폭포 • 26
금시아 | 호수를 읽다 • 27
기복진 | 빗물 • 28
길상호 | 물방울 거울 • 29
김광규 | 물길 • 30
김귀녀 | 강기슭에서 • 31
김귀자 | 물의 마음 • 32
김기화 | 탑정호수 • 33

김남호 | 천수답 • 34
김도영 | 강물의 문장 • 35

ㄱ~2

김도향 | 물속의 시간 • 38
김명아 | 물의 언어 • 39
김미숙 | 사과 한 알 • 40
김선숙 | 물 • 41
김선아 | 눈물장葬 • 42
김선아 | 부산대첩 • 43
김성조 | 바다에 울다 • 44
김성호 | 물의 노래 • 45
김수예 | 섬, 서목 • 46
김승필 | 수족관 앞에서 • 47
김신영 | 염생하다 • 48
김양숙 | 물 위에 물을 새기는 • 49
김영삼 | 물방울같이 • 50
김완수 | 정화수 한 대접 • 51
김완하 | 물 • 52
김유진 | 그래프 • 53
김인숙 | 물의 몸 • 54
김임백 | 물의 숨결 • 55
김재천 | 물은 사랑이더라 • 56

김정미 | 서퍼 • 57

김종원 | 오늘도 비가 오네 • 58

김채영 | 시간의 샘, 검룡소 • 59

김파란 | 물의 철학 • 60

김현주 | 물, 소리를 읽다 • 61

김효운 | 토렴 바다 탄생설 • 62

ㄴ ~ ㅂ

나고음 | 미련 없이 • 64

나금숙 | 약속 • 65

나기철 | 목소리 • 66

나호열 | 강물에 대한 예의 • 67

남정화 | 물의 감정 • 68

남태식 | 맹물 설거지 • 69

려 원 | 고양이 해부학 • 70

류광미 | 물에서 나오다 • 71

문창갑 | 물거울 • 72

박광희 | 물의 길 • 73

박대성 | 물 • 74

박두순 | 물의 뼈 • 75

박복영 | 물을 찾기 위한 에스키스 • 76

박봉준 | 부딪쳐 고이는 소리 • 77

박분필 | 봄비 • 78

박수용 | 웅덩이에 핀 능소화 • 79

박수현 | 붉은 호수 • 80

박정숙 | 점 속의 잠 • 81

박종영 | 그리움에 비가 내리면 • 82

박주영 | 물 주다 • 83

박진하 | 은휘에 잠긴 뜻 알려하나 • 84

박해림 | 시간의 그늘 • 85

배세복 | 물수제비 • 86

백우선 | 물은 목마르다 • 87

백혜자 | 강 씨가 죽나보다 • 88

보 우 | 한 방울의 물이라도 • 89

ㅅ

서범석 | 자세 • 92

서봉교 | 강물이 물때를 벗는 이유 • 93

서순우 | 밀물도 때로는 이별이었다 • 94

서유경 | 강 • 95

서정임 | 얼음의 방정식 • 96

서화성 | 진달래 • 97

성영희 | 물의 끝 • 98

소재호 | 물의 무게 • 99

손석호 | 물 • 100

손영미 | 물 벽 • 101

송경애 | 물水의 마임 • 102

송병숙 | 폭포 앞에서 • 103

송병옥 | 물길 • 104

송상희 | 달큰 눈물 • 105

송창현 | 염도 0.9% 침묵 • 106

신명옥 | 물의 여행 • 107

신미균 | 고드름 • 108

신원철 | 한탄강에서 • 109

신은림 | 물 • 110

신정순 | 물의 기억 • 111

신진련 | 물의 문장 • 112

심상숙 | 믈[勿] • 113

◉~1

안명옥 | 물의 문을 열면 • 116

안용산 | 네가 바로 여울이다 • 117

안원찬 | 한겨울 축제·1 • 118

양소은 | 여름 저녁 • 119

엄세원 | 물의 금고 • 120

오세화 | 물의 증발 • 121

윤난희 | 물 통장 • 122

윤영기 | 떠돌이 물 • 123

윤준경 | 물의 상처 • 124

윤형근 | 물의 아이 • 125

은이정 | 물의 유언 • 126

이강하 | 이물질 • 127

이경옥 | 이사 • 128

이기철 | 물 • 129

이 명 | 동해 바다 • 130

이명희 | 가장 맛있는 물 • 131

이명희 | 내가 떨어뜨린 눈물
　　　　　한 방울의 근황 • 132

이복현 | 강물의 마음 • 133

이사라 | 물의 사랑 • 134

이사철 | 연미동천 • 135

◉~2

이성의 | 분수 • 138

이숙희 | 붉은 눈물 • 139

이순남 | 임종 • 140

이승용 | 물의 이념 • 141

이승하 | 물이 차오르고 있다 • 142

이영수 | 마침내 바다에 이르는 물처럼 • 143

이영춘 | 돌 속에서 우는 물소리 • 144

이 윤 | 물 이야기 • 145

이은봉 | 가을 물소리 • 146

이인철 | 도시의 강 • 147

이정화 | $\frac{1}{2}$ • 148

이종근 | 물이 고프다 • 149

이종완 | 물처럼 • 150

이창건 | 어머니의 물길은 • 151

이태수 | 물의 길 • 152

이화영 | 강을 바라보는 방법 • 153

임동윤 | 마른 우물 • 154

임문혁 | 깊이 • 155

임형빈 | 밀물을 기다리며 • 156

ㅈ

장미자 | 단수 • 158

장순금 | 소나기 • 159

장승진 | 상선약수上善若水 • 160

장옥관 | 물로 된 뼈 • 161

전순복 | 바다의 문장 • 162
전영순 | 물을 기억하다 • 163
정경해 | 물 • 164
정병기 | 물의 시간, 물의 편견 • 165
정 숙 | 설마, 설마 • 166
정승준 | 봄비 • 167
정연수 | 투명한 기원 • 168
정영숙 | 물의 말 • 169
정유정 | 빈 • 170
정의홍 | 물 • 171
정이랑 | 우물 • 172
정종숙 | 천변에서 • 173
정주연 | 물의 서書 • 174
정중화 | 파문 • 175
정지윤 | 물은 납작해진다 • 176
조성림 | 강 • 177
조승래 | 만년설 만년수 • 178
조영행 | 그녀의 숲 • 179
조우상 | 돌의 핏줄 • 180
조정이 | 물의 뼈가 보일 때 • 181
조창환 | 눕는 호수 • 182
조평자 | 햇무 • 183
주경림 | 빗방울 못자리 • 184
진명희 | 두물머리에서 • 185

채종국 | 물의 판화 • 189
최바하 | 마중물 • 190
최수진 | 폭포 • 191
최영철 | 흐르는 물 • 192
최윤정 | 목련 물티슈 • 193
최은수 | 별거 없어요 • 194
최인홍 | 비 내리는 밤 • 195
최지온 | 스노클링 • 196
탁영완 | 水기운 火기운 • 197
하두자 | 물 주름 • 198
하래연 | 장마의 시작 • 199
하인혜 | 물의 책 • 200
하헌주 | 물의 추억 • 201
한상대 | 첫 숨 • 202
한이나 | 침향 • 203
허승희 | 물손 • 204
허형만 | 江 • 205
허 훈 | 말의 말 • 206
홍사성 | 나는 물입니다 • 207
홍성주 | 물도 날을 세운다 • 208
홍윤표 | 물안개길 • 209
홍일표 | 저수지 • 210
황상순 | 물벼룩 창세기 • 211

ㅊ ~ ㅎ

채재순 | 머지않아 • 188

시조

공화순 | 수용성 체질 • 214
권정희 | 강가에서 • 215

김민정 ｜ 들었다 • 216

김석이 ｜ 물의 음계 • 217

김양희 ｜ 계곡을 건너다가 • 218

김연동 ｜ 강물 소리 또 어쩌랴 • 219

김영주 ｜ 물의 화엄 • 220

김일연 ｜ 물꽃 • 221

문희숙 ｜ 물 • 222

박명숙 ｜ 다시 회룡포에서 • 223

박홍재 ｜ 첫 물 뜨다 • 224

박화남 ｜ 눈물 • 225

백이운 ｜ 물 • 226

서관호 ｜ 물거품 • 227

서석조 ｜ 황산잔도 아래, 물 • 228

서정화 ｜ 유령그물 • 229

설상수 ｜ 하단포구 • 230

오승희 ｜ 달항아리와 푸른 절벽 • 231

유선철 ｜ 달 반 물 반 • 232

이남순 ｜ 그대, 뒷모습 • 233

이명숙 ｜ 저항하는 물 • 234

이은주 ｜ 물의 머리 • 235

이종현 ｜ 물과 분수噴水 • 236

이창규 ｜ 비등점 • 237

임영석 ｜ 물의 집 • 238

장영춘 ｜ 물은 묻지 않는다 • 239

정현숙 ｜ 물, 아버지 • 240

조명선 ｜ 흐르는 것이 다 그리움은
　　　　아니다 • 241

최옥자 ｜ 냇물은 위로 흐르지
　　　　않는다 • 242

하순희 ｜ 생명의 보금자리 덕천강 • 243

한영례 ｜ 자유형으로 • 244

동시

권영상 ｜ 창문 • 246

김금순 ｜ 살아있는 물 • 247

김마리아 ｜ 두 얼굴 • 248

류병숙 ｜ 물의 주머니 • 249

박영숙 ｜ 나∩너 • 250

박정식 ｜ 분수 • 251

박차숙 ｜ 물 위에 쓰는 편지 • 252

변금옥 ｜ 물안개 • 253

신이림 ｜ 물의 집 • 254

신정아 ｜ 노을 진 강가에서 • 255

유영화 ｜ 하늘을 퍼 나르는 냇물 • 256

이내경 ｜ 개울 • 257

이성자 ｜ 물의 손 • 258

이수경 ｜ 물 뽀뽀 • 259

이재순 ｜ 물의 근육 • 260

이화주 ｜ 물 한 방울 • 261

장서후 ｜ 길 위에 동그라미 • 262

전지영 ｜ 더위에게 • 263

정광덕 ｜ 밤바다 • 264

조영미 ｜ 물 빛깔 • 265

하청호 ｜ 물의 입술 • 266

홍재현 ｜ 개구리 수영장 • 267

㉠ㄱ-1

강기원	강병철	강영은
강영환	강중훈	공광규
구경화	구명숙	구애영
구재기	구지혜	권달웅
권순자	권영하	권정남
금시아	기복진	길상호
김광규	김귀녀	김귀자
김기화	김남호	김도영

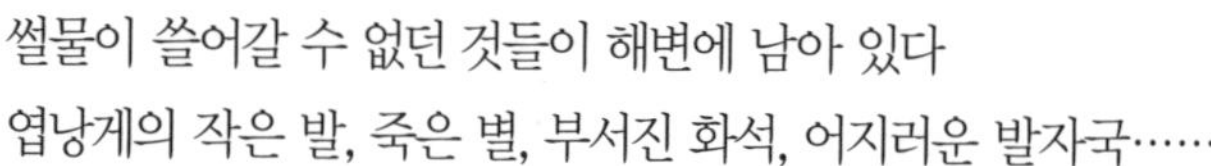

파도의 교실

썰물이 쓸어갈 수 없던 것들이 해변에 남아 있다
엽낭게의 작은 발, 죽은 별, 부서진 화석, 어지러운 발자국……

혼魂으로 가득한 하늘
백魄으로 빽빽한 모래

저승의 여권을 가지고 파도를 배우러 해변으로 왔다
어제의 이야기를 삼켜버리는* 파도

알비노의 눈동자 같은 해변의 노을
물 없이 삼킨 캡슐이 가슴께에서 터지며 담즙 같은 쓴맛을 밀어 올린다
식도로 밀어 넣은 덩어리가 산산이 역류하듯

파도를 배우는 일은 나를 모르게 되는 일
몰라는 몰아沒我라고 누군가 말했지
물결과 바람은 따라다니며 발자국을 지워주고, 나는 계속 찍어대고

가르치는 파도도 배우는 나도 해 저물도록 진도는 더디기만 해

풍장도 수장도 좋으나 아직은
집게발 없는 게처럼 누워 밤을 건너야 한다

* 델리아 오언스, 김선형 옮김. 〈가재가 노래하는 곳〉(살림출판사, 2019)

강기원 _ 1997년 〈작가세계〉로 등단. 시집으로 「고양이 힘줄로 만든 하프」 「바다로 가득 찬 책」 「다만 보라를
듣다」 등. 김수영 문학상, 시산맥문학상 수상, 김명배문학상, 출판놀이 '주머니속 동시집'공모 당선

마룡저수지

소금시
물

강
병
철

　당장 나가라 논문서 날린 아부지

　작대기 피해 사립문 뛰쳐나온 열다섯이다 '투전판 그만 가라구유' 씨헐씨헐 오솔길 치달리며 흔들리는 물결, 소년의 심장처럼 늦가을 하늘 울멍울멍 받치는 중이다 중천으로 대열 이루는 기러기 떼 그림자 거꾸로 날개 치는

　그 시퍼런 물결이다 사춘기 은유 '내 마음의 호수' 떠올리며 그 저수지 호수로 호명할 때마다 짙은 녹색 가라앉는다 고추잠자리 보금자리였다가 뭉게구름 유리 거울 되었다가 풍덩 빠지고 싶은 어미의 젖가슴으로 변신한다 마개 없는 박카스 병과 끈 떨어진 슬리퍼 딸려 나오는 건 눈 감았는데

　순자 누나 떠오르면 숨이 막힌다 보리피리 불다가 깻잎전 부쳐주던 열여덟 누나, 동갑내기 외사촌 종구 형과 자정까지 민화투만 쳤다는데 아차, 달거리 끊긴 것이다 그믐날 자정 칡넝쿨에 돌멩이 매달고 뛰어내렸으니 내가 빌려준 『날개 없는 천사』 받을 길도 막막하다 둔치로 휘날리는 대궁 보며 억새인가 갈대인가 헷갈리는 이유이다

강병철 _ 1987년 《신동아》로 작품활동 시작. 시집으로 『유년일기』 『꽃이 눈물이다』 『호모중딩사피엔스』 『격렬하고 비열하게』 등. 장편소설로 『해루질』 『닭니』 『토메이토와 포테이토』 등이 있음.

강영은

물의 노래

처음에 나는 울음이었다. 어머니 자궁 속, 투명한 요람에서 목마름을 풀고 피를 돌리는 온음표, 울음소리는 숨의 첫 박자였고 피의 첫 리듬이었다.

비 내리는 날에는 비바체의 구름 속에서 나를 다시 연주하기도 했다. 내 몸은 하나의 악기였고 빗방울마다 건반을 두드리며 나를 새롭게 빚어냈다.

내 안의 기쁨이 사라질 때 노래와 숨결은 모래 속에 스며들었고 못 갖춘마디처럼 흩어졌다. 멜로디는 끊기고 음표들은 사라졌지만 여백 또한 음악이었다.

눈 녹은 자리에서 세상을 받쳐온 나의 눈물. 그것은 보이지 않는 탯줄로 이어져 온 한 잔의 물이었다. 단단한 땅도, 날 선 바람도 그 물에 의지해 제 몸을 세웠다.

첫 음보에서 시작된 멜로디를 당신에게 건넨다. 당신 핏줄 속에서 리듬 되어 흐르고 별 반짝이는 은하수에 닿을 때까지.

강영은 _ 2000년 《미네르바》로 등단. 시집 『그리운 중력』 외 8권. 에세이집 『산수국 통신』이 있음. 아르코문학 창작 기금, 세종우수도서 선정, 출판공사 우수콘텐츠, 문학나눔 도서 선정, 한국시문학상, 한국문협 작가상, 『문학청춘』작품상, 서귀포문학상 등 수상.

강물 소리

귀를 닫고 가는데 물소리가 들린다
내 안을 흘러가는 가느다란 물줄기
강물은 누구에게로 가는 것일까
나는 오래된 숲이 아니다
새장에서 날아가고 싶은 새다
물이 흘러 빠져나가고 나면
날개가 물소리를 낸다
강물이 날아가고 싶은 것이다
깊이 날아도 소리하지 않는다
강물소리 속에는 가시가 있어 돌아다니다
몸을 찔러 통증을 가져 온다
숲에 사는 새가 구름에 든다 새는
일만 삼천리를 날아 수미산에 닿는다
물을 마시고 구름을 토한다
숲에 스미면 너도 수채화 한 줄기다
허기보다 더 낮은 강물 소리 속으로
앓는 귀 하나 날아간다

강영환 _ 1951년 경남 산청 출생. 1977년 《동아일보》 신춘문예로 등단. 1979년 《현대문학》 시 천료, 1980년 동아일보 신춘문예 시조 당선. 시집으로 「내 안에 파도, 내 밖의 바다」「나에게로 가는 꽃」「침묵」「서쪽」「무명島에 기대어」 외 다수.

소금시
물

강
중
훈

유서처럼 떠 있는 섬

에라!
나도 모르겠다

모가지를 댕강 잘라
뚝, 뚝,
생피로 쓴 유서 한 장
아득한 섬 자락에
돛폭 매달고 닻 걷어 올려
어디에든 가자

물 한 방울 나지 않아
떠나려는 자기야

강중훈 _ 1993년 《한겨레문학》으로 등단. 시집으로 「가장 눈부시고도 아름다운 자유의지의 실천」 외 다수.

소금시
물

물방울

비 온 후 해국에 맺힌 물방울은
빗물인가
눈물인가

내가 제주 관음사에서 만난 물방울은
빗물
어머니가 법성암 천도재 지내고 나오다
일주문 앞에서 만난 물방울은
눈물

아침 풀잎에 맺힌 물방울은
이슬인가
눈물인가

내가 성사천변 산책길에서 만난 물방울은
이슬
어머니가 먼 옛날
시여지 애장터 가던 길에 만난 물방울은
눈물

공광규

공광규 _ 1986년 월간 〈동서문학〉으로 등단. 시집으로 『담장을 허물다』 『서사시 금강산』 『서사시 동해』와 산문집으로 『맑은 슬픔』 등이 있음.

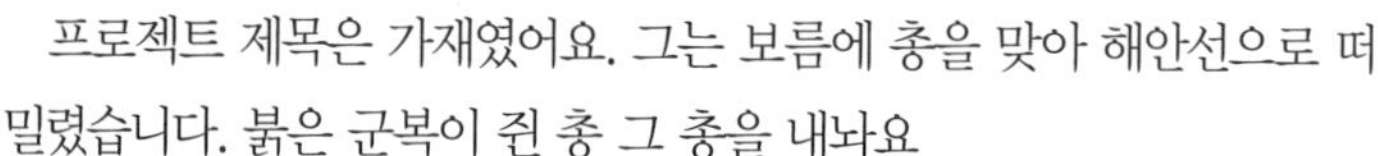

소금시
물

구
경
화

결렬되었습니다

프로젝트 제목은 가재였어요. 그는 보름에 총을 맞아 해안선으로 떠밀렸습니다. 붉은 군복이 쥔 총 그 총을 내놔요

손을 모아 쥐고 눈을 감아요 쓸려온 나는 빈 배입니다. 몸 속은 텅 비었죠 바람도 햇살도 금세 빠져나갈 수 있어요 힘차게 휘날리는 깃발도 있었습니다. 다정하게 품어 빛나게 세우는 일이 특기였죠 자궁에 깃발을 꽂아요. 해적은 도망쳐 버렸고 나는 적진 속에 남아 있습니다. 수평선을 주시하다가

손끝이 예리한 당신은 작전의 사각지대를 다루지. 지도를 오르다가 미끄러지면 얼룩이 지거나 지하 세계로 추락해 모래 더미 속으로 슬픔이 가라앉을 때까지 서식을 증명하는 일이라 정의할게. 적이 노린다고 등을 내어주진 마 그런데 불안은 언제 나를 잠식했을까

그믐은 가슴께로 탕! 갈래갈래 찢어진 깃발 흩날립니다. 해체된 맨살을 파도에게 물려줍니다 바다는 말합니다. 채우다 비우다 출렁이며 살아가는 방식을, 그가 섬으로 돌아가는 밤입니다

구경화 _2023년 《사이펀》으로 등단. 사이펀의 시인들 회원.

물처럼

구명숙

흐르고 흐를 뿐
물은
멈추지 않는다
돌부리에 부딪혀도
파도에 으깨어져도
묵묵히 길을 찾아 나아간다

투명하되 그 깊이를 보이지 않고
바다처럼 광활히 품는다

보드랍고 무르게 보이지만
바위를 뚫는 인내를 쥐고
늘 낮은 곳으로 흐르며
온 생명을 키워
세상을 살리는 젖줄이 된다

사람도 그렇게
흐르며 견디며 품으며
물처럼
살아가는 것

구명숙 _ 1999년 《시문학》, 2009년 《시와시학》으로 등단. 시집으로 『그 여자 몇 가마의 쌀 씻어 밥을 지어 왔을까』 『걷다』 『산다는 일은』 『하늘 나무』 외 다수. 만해 '님' 시인상, 시와시학상, 서초문학상, 세계시문학 대상 수상. 현재 숙명여대 명예교수, 서초문화원 원장.

하늘우물 등대

구
애
영

인기척은 멀어져도 해가 진 물마루까지
지난하게 귀를 연 집
뱃고동 기척은 늘 가깝습니다
안으로 들어가면 따개비 냄새가 소록소록 납니다
우리는 끝끝내 우리라서 외롭지도 쓸쓸하지도 않습니다
반딧불이의 꽁무니에서 쏟아지는 빛을 모아
하루살이의 하루를 마주칠 수 있다면
갈대와 골풀 섞어
내 등뼈를 견고하게 엮어야지요
만평의 하늘 우물로 채색된 물기둥을 세우고
나만의 무원撫院을 이루겠어요
이제는 은하수 죄다 새기고 고립된 파도의 선율마저 담습니다
어미 잃은 물새알도 도린곁으로 데려가 무릎 속에
고스란히 고스란히 품습니다
몸속을 윤슬처럼 밝힌 밍크고래의 심지를
두 손에 공손히 받쳐 들고

구애영 _ 2016년 강원일보 신춘문예 시 당선. 시집으로 『나의 첫 사과나무에 대한 사과』가 있음. 매일시니어 문학상, 한국해양문학상 대상.

물의 함성

소금시
물

구
재
기

전성기라고는 없이
한창 거두어지거나
쏟아지는 제때를 놓치고 나면
생기 있는 정도라고는
말할 수조차 없이 사라져 버렸다
한창 물이 좋았을 때도
싱싱하고 향기롭거나
그런 분위기는 아예
상상할 수조차 없어져 버렸다
축축하지는 않으나
때때로 푸릇푸릇 푸른빛이 돌다 보면
가득 들어차
빈틈 하나 보이지 않았다
끼리끼리 꽉 끼거나 맞아서
헐겁지 않거나 잘 움직이지 않아서
전혀 여유 없이 빠듯할 때
어떤 정도의 한도에 겨워
겨우 미치는 상태에 이르다 보면
물은 우거진 숲의 모습을 하고
산뜻하고, 새롭고 세차게
우우우우 함성으로 일어섰다

구재기 _ 1978년 《현대시학》으로 등단. 시집 『모시올 사이로 바람이』 『농업시편』 『물소리를 찾다』 『솔숲, 정자 하나』 등 22여 권. 시선집 『구름은 무게를 버리며 간다』 등. 수필집 『들꽃과 잡초 사이, 사람이 산다』가 있음. 충남 도문화상, 충남시협본상, 신석초문학상, 대한민국예술문화대상 등 수상. 현재 한국문인협회 부이사장.

구
지
혜

다시, 정자교

1934년 대홍수, 천지가 찢겨 열리던 날,
정자마을의 얼굴들이 물 위에 있었다.
언덕 밑, 떠내려가는 등골댁, 매산댁, 글사장 댁…
죽은 사람들의 편지가 철사줄로 얽혀 우체부의 가방처럼,
안부의 손길처럼 밤마다 정자골을 스쳐 갔다
황홀한 큰-물, 무너져 내리는 정자,
그 속엔 서당소와 동천의 이상향이 잠겼다
기왓장 같은 품위, 돌다리의 고요,
모두 다 물에 휩쓸려 또다시 놓이기를 기다렸다
1983년 장마, 정자교는 팡파르 속에 태어나
여전히 발목을 베이던 악몽이었다
강을 건넌 강은 모두 다리가 되었을까
다리가 되지 못한 다리는 부서진 발목으로 남았을까
다리가 된 다리들의 죽음은 고약하게 빛났고,
다리가 되지 못한 다리들의 희망은 썩어갔다
그러나 철사줄은 다시 팽팽히 당겨져
무너진 시간을 고쳐 세웠다

다시, 정자교가 말한다
"모든 강이여, 이제 그만 무너지지 마!"

구지혜 _ 2011년 《시와정신》으로 등단. 시집으로 『그늘을 꽃피우는 시간』 『안녕, 나의 창세(創世) 편의점』이 있음. 전국계간지 우수작품상, 한남문학(운문 부문) 대상 수상.

꿈꾸는 물

멎지 않고 멀리까지 이어지는
물은 아래로 흘러갈수록
단단히 손을 잡는다
모든 것을 끌어안는다

누가 소리치지 않아도
물은 절로 물을 따라 흐르고
그 소리를 알아듣는 사람은
새겨서 다 듣는다

뒤집히고 뒤섞이면서
큰 산 그림자를 껴안아 주는
그 마음을 아는 사람은
짐작해서 다 안다

휘어지지 않기 위하여
휘어지는 밤
가슴으로 듣는 물소리

권달웅 _ 1975년 《심상》으로 등단. 시집 『해바라기 환상』 『달빛 아래 잠들다』 『낮달과 낫과 푸른 산등성이』 『고삐』 외 다수.

권
순
자

물렁한 세계

비구름이 지나가면
물렁해진다
눈물 한바탕 지나가면
옹이진 구멍에 물이 차고
흘러서
말랑해진다

세상의 딱딱한 것들
물기에 젖어
풀어지고 뭉개진다

뭉개진 것들이
품은 씨앗들

말랑하지 않으면 자랄 수 없는
황량함

말랑해져서
작고 고운 씨앗들
키워내는
네 품이 위대하다

권순자 _ 1986년 《포항문학》, 2003년 《심상》으로 등단. 시집 「우목횟집」 「검은 늪」 「낭만적인 악수」 「붉은 꽃에 대한 명상」 「순례자」 「천개의 눈물」 「청춘 고래」 「소년과 뱀과 소녀를」 등 9권, 시선집 「애인이 기다리는 저녁」 등 이 있음.

팔색조

물은 천의 얼굴을 지녔다
겨울엔 하늘에서 뛰어내려
땅속 새싹들을 덮어주는 솜이불이 된다
눈사람이 되어서는
추위에 놀란 나무들을 보고 웃어준다
얼어선 하아얀 담요로
강밑 물고기들을 보살펴 준다
녹아서는 새싹들과 물고기들을 껴안아 준다
뿌리에 스며들어 파랗게 솟아오르고
줄기를 타고 올라가 뭉게구름이 된다
왜바람과 한 몸이 되어 화를 내지만
산과 강을 지나면 착한 물이 된다
그렇다, 물의 속마음은 사랑이었다

권영하 _ 경북 영주 출생. 2023년 서울신문, 2019년 부산일보, 2020년 강원일보, 2012년 농민신문 신춘문예에 시, 시조, 동시 부문 당선. 2012년 한국교육신문 수기 당선. 현재 점촌중학교 재직 중.

황과수 폭포

권
정
남

수백 마리 흰말이 갈기를 휘날리며
앞다투어 뛰어내린다

일곱 빛깔 무지개를
허리에 휘 감은 비단구렁이가
엎치락뒤치락
폭포 위를 거슬러 오른다

앞발로 허공을 차며 내려오는 백말과
머리 치세우고 승천하려는
칠보 빛 비단구렁이의 굉음
서로 엉켜 하늘을 찢는다

창세기 이전부터 있었던
백말과 비단구렁이의 오래된 싸움
끝나지 않은 승부다

* 황과수 폭포 : 중국 구이저 우성 안순시 있는 폭포로 세계 4대이며 동양 최대의 폭포

권정남 _ 1987년 《시와의식》으로 등단. 시집 「나사못의 기억」 외 5권. 전영택 문학상, 강원사랑시화전대상, 강원문학상 외 수상. 한국문인협회, 한국시인협회, 한국여성문학인회, 강원문인협회, 속초문인협회 회원.

호수를 읽다

물길을 젓는다
호수 한가운데에서 가만히 노를 놓고
출렁이는 눈을 지그시 감는다
어느새 멀리 떠내려와 버린 삶의 오감,

호수에 청진기를 꽂고 물의 심장 소리를 읽는다

눈을 뜨면 자욱했던가
휘청거리던 봄날은 자꾸 설익었던가
검은 구름 휘몰아치며 부서지던 범람들
자각몽은 얼마나 파닥이던 꿈이었을까

쾌속으로 달리는 모터보트의 날갯짓
글썽글썽 묽어지고 헐거워져
투명해지는 동안
삶의 가속만큼 골짝을 굽이쳐온 물의 파장
조용히 섞이고 나누어진다

좀체 오리무중인 호수
그 눈부신 몰두와 채록을 읽고 있는
윤슬의 아미, 진중하다

금시아

금시아 _ 2014년 〈시와표현〉으로 등단. 시집으로 『입술을 줍다』 『툭,의 녹취록』 등. 여성조선문학상 대상, 강원
문학 작품상, 춘천문학상 등 수상. 한국문인협회, 한국가톨릭문인회, 한국여성문인회, 한국시인협회 회원.

기
복
진

빗물

칠할이 뫼인 곡성에서
칠할이 물인 내가 산다

하늘에서 떨어질 땐 한갓 빗물이었다가
땅에서 몸 풀 땐 한갓 흙탕물이었다가
바다에 몸 섞을 땐 그래도 짠물
그건 오직 부서지고 걸러진 뒤

칠할이 물이었대도
아직도 나는
세상을 썩지 않게 못하느니
되려 세상을 부식시키느니

나는 여전히 빗물일 뿐

기복진 _ 전남 곡성 추랭. 2023년 《순천문단》으로 작품 활동을 시작. 시집으로 「산골 농부의 풍경이 있는 시」가 있음. 현재 고향에서 농사를 짓고 있음.

물방울 거울

　울고 싶을 땐 가지 끝 물방울을 하나 들어요. 보통은 볼록거울, 상황을 부풀릴 때가 많아요. 펑펑 울 수 있어요. 웃고 싶을 때도 마찬가지예요. 입술이 쫙 찢어져 큰 미소를 만들지요. 다 쓴 거울을 깨고 싶을 땐 그냥 놔두면 돼요. 증발하거나 흔들리다 떨어져 스며들어요. 치울 필요 전혀 없어요. 맑은 날 물방울이 없으면 고양이 눈을 봐요. 각막에 맺힌 나를 보다가 지겨워지면 고양이와 놀아요. 털을 쓰다듬으면 부드러운 내가 되고, 발톱을 긁으면 날카로운 내가 돼요. 하여튼 고양이와 물방울은 닮았어요. 보세요. 야옹, 야옹, 떨어진 소리가 동글게 파장을 만들잖아요.

길상호

길상호 _ 충남 논산 출생. 2001년 한국일보 신춘문예로 등단. 시집으로 「오고가고 수목금」 외 다수. 산문집으로 「거울 속에 사는 사람」 외 2권. 엔솔러지 「다섯 더하기 시선은 하나」가 있음. 천상병 시상. 김종삼 문학상. 김종철 문학상 등 다수 수상.

물길

언젠가 왔던 길을 누가
물보다 잘 기억하겠나
아무리 재주껏 가리고
깊숙이 숨겨놓아도
물은
어김없이 찾아와
자기의 몸을 담아보고
자기의 깊이를 주장하느니
여보게
억지로 막으려 하지 말게
제 가는 대로 꾸불꾸불 넓고 깊게
물길 터주면
고인 곳마다 시원하고
흐를 때는 아름다운 것을
물과 함께 아니라면 어떻게
먼 길을 갈 수 있겠나
누가 혼자 살 수 있겠나

김광규 _ 1941년 서울 출생. 1975년 《문학과 지성》으로 등단. 시집 『우리를 적시는 마지막 꿈』 『물길』 『그저께 보낸 메일』 등 12권. 시선집 『희미한 옛사랑의 그림자』 『안개의 나라』 등. 김수영문학상, 편운문학상, 대산문학상, 시와시학상, 정지용문학상, 독일 언어문학 예술원의 프리드리히 군돌프상 등. 현재 한양대 독문과 명예교수, 대한민국 예술원 회원.

강기슭에서

세월의 강 안
그리움의 물살 흔들리면

물 위를 떠다니던
여린 몸짓

낯선 시간을
다시 돌아온

추억의 흰 그림자
내 안에 흐르네

소금시

물

김
귀
녀

김귀녀 _ 강원 양양 출생 2005년 《문학세계》로 등단. 시집으로 「영혼의 방, 열네 시의 기도」「자연으로 가는 길 섶」 등이 있음. 한국문인협회, 아가페문학회, 산림문학회 회원. 산림문학상 수상.

물의 마음

김
귀
자

쌰아~
무심코 흘려보낸 물
그 한 방울 받아먹지 못해
비틀대는 꽃나무를 본다
내가 닿지 못한
작은 잎사귀의 생명이 말라가고 있다

뒤늦게 자책의 물결이
마른 잎 흠뻑 적셨지만
골든타임을 넘겼나보다
어린 싹 하나 살리지 못하고 흘러버린 나
눈물처럼
기도처럼
더 낮은 곳으로 나의 길 찾아 간다

다시는 한 방울도
헛되이 흘리지 않겠다고
메마른 흙을 적시고
씨앗을 깨우고
지친 뿌리 토닥이며
멈추지 않고 흐른다

김귀자 _ 2000년 《믿음의문학》으로 등단. 동시집 「반달귀로 듣고」 「옆에만 있어줘」 「백지 위의 변주」 등이 있음. 천강문학상, 한정동아동문학상, 한국아동청소년문학창작상 등 수상.

탑정호수*

물의 문을 열고 들어간다
그 누구도 허락한 적 없으나
뿌리 깊은 나무도 거꾸로 입수를 한다
수문이 따로 없는 호수
호수의 눈은 어디에 있는지
눈길 한번 준 적 없지만
물의 문장 속에 날선 마음이 녹는다
녹아내린 것들과 풍경들과
하늘까지 품은 호수는
본래의 모습을 받아주는 물의 방식
그 방식으로 속살속살 잔물결 인다
호수를 찾아 비로소 만난 하늘
배부른 오후가 걸어 나온다
모두를 가두어 수문을 잠근 것 같지만
물고기 떼 자유롭게 유영하는 곳
높고 낮은 파고가 없는 곳
엉킨 실타래가 술술 풀리는 곳
걷다보니 물의 눈과 마주친다
토닥토닥 빛나는 윤슬
호수는 언제나 나를 보았던 것이다

* 탑정호수 : 논산시 소재 호수

김기화 _ 2010년 《시예》 봄호 등단. 시집으로 『아메바의 춤』이 있음.

"

천수답

김
남
호

평생 가물었다 소나기는
퍼붓는 곳에만 퍼부었다
아버지는 애꿎은 담배만 피워댔고
허파 속 포도송이는 까맣게 썩어갔다

나는 마른 연필 끝에 침을 묻혀 삐뚤빼뚤
누런 갱지에 아버지 이름 석 자를 썼다
첫 자만 진하고 뒤에 두 자는 희미했다

아버지 이름을 지우고 그 위에
다시 침을 묻혀 내 이름 석 자를 썼다
지워도 남은 흔적이 역력했다
지우개로 다시 지우자 종이가 찢어졌다

찢어진 논바닥에는 삐뚤빼뚤
지렁이가 말라붙어 있었다

마른 물꼬를 따라 상류로 상류로
수원水原을 찾아 오르다가
끝나는 곳에 당신의 무덤을 썼다

수맥이 지나는 곳이라고
묘를 쓰면 안 되는 곳이라고
지관은 한사코 말렸지만

김남호 _ 2005년 《시작》으로 등단. 시집 『말하자면 길지만』 외 다수.

강물의 문장

김도영

제 몸을 뒤집는 강물은 완강했다

찰랑거렸거나 차갑거나 단단했던
밀어를 계곡 밑으로 흘러보낸 지난여름
숲은 초록빛 뿌리의 연서를 바람에 실려 보냈으나
강물은 마침표도 없이 깊어졌다

행과 연의 문장들이 물결을 일으켜
연서는 젤리처럼 부드러워졌고
누군가 던진 돌에 파문의 집을 짓기도 하는 하류의 강물은
짐긴 지퍼의 견고함을 기억하고 싶어
세상에 연서를 띄워 보내는 것이다

흘러야 하고 쓰여 져야 하는
시대의 무성한 물줄기의 물음을 강은 펼쳐 놓았으므로
어둠에 구멍을 뚫은 별들이 쏟아질 때
밤의 시간은 휴식으로 유폐됐을 것

강물은 바다에 이르러 익어갈 것이라고
온 몸으로 다독이는 아침은
윤슬로 수천(水川)의 귀를 열어
강물의 문장을 쓰고 있는 것이다

기억해야할 시대의 낮은 소리를

김도영 _ 2022년 《신문예》로 등단. 충남시인협회, 충남문인협회 회원.

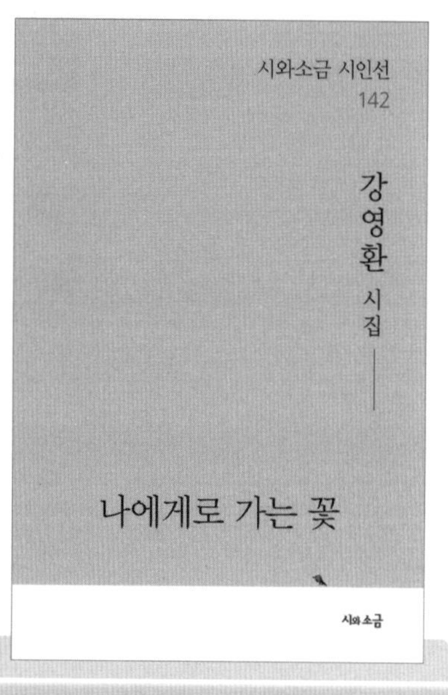

강영환 시집

나에게로 가는 꽃

강영환_경남 산청 출생으로 1977년 동아일보 신춘문예, 1979년 《현대문학》으로 시, 1980년 동아일보 신춘문예에 시조로 등단하였다. 시집으로 〈칼잠〉 〈뒷강물〉 〈푸른 짝사랑에 들다〉 〈술과 함께〉 〈숲속의 어부〉 〈달 가는 길〉 〈누구나 길을 잃는다〉 외 다수가 있다. 시조집으로 〈북창을 열고〉 〈남해〉 〈모자 아래〉와 지리산 연작시집으로 〈불무장등〉 〈벽소령〉 〈다시 지리산을 간다〉 등 5권이 있으며, 산문집으로 〈술을 만나고 싶다〉가 있다. 이주홍문학상, 부산작가상, 부산시문화상 등을 수상하였다.

내가 삶에 지치고 힘에 부칠 때 꽃은 내게 와서 손을 잡아끌었고 눈에 들어 어떤 적극적인 사랑을 요구했다. 그렇게 나는 꽃에 눈뜨기 시작했다. 그 이전에는 생계형이 되어 삶의 한가운데를 달려오느라 변두리에 있던 꽃 같은 아름다움에 한눈팔 여가가 없었다. 이제 약해 빠진 나에게 위로를 던지며 어깨에 손 집어 주는 꽃 앞에서 겸손해질 수밖에 없다. 작은 꽃이라도 깊이 빠져들어 밀어를 나누는 연인처럼 속내를 다 비춰내 보이고 만다.

그래서 꽃은 나의 거울이다. 꽃을 보며 내 속내를 이끌어 낸다. 꽃 앞에서 무엇을 숨기고 말고가 있겠는가. 두 번 만나지 못할 꽃들과 마지막 사랑을 나누는 심정으로 꽃을 노래할 수밖에 없는 것이다.

어떤 꽃을 가장 사랑하느냐는 질문은 내게 어리석다. 꽃들이 내게 다가올 때 순위를 정하고 오지는 않기 때문이다. 그들을 대하는 마음에 차이는 있지만 차별은 없다. 하나같이 모두를 다 사랑한다. 손잡고 싶고, 입술 맞추고 싶고, 코 맞대 비벼보고 싶고, 그 안에 들고 싶은 마음이다.

– 강영환, 「시인의 에스프리」에서

• 24436 강원도 춘천시 충혼길20번길 4, 시와소금 | ☎ (033)251-1195, 010-5211-1195
• 전자주소 : sisogum@hanmail.net | 다음카페 : http://cafe.daum.net/poemundertree

㉠-2

김도향　김명아　김미숙

김선숙　김선아　김선아

김성조　김성호　김수예

김승필　김신영　김양숙

김영삼　김완수　김완하

김유진　김인숙　김임백

김재천　김정미　김종원

김채영　김파란　김현주

김효운

소금시

물

김
도
향

물속의 시간

강냉이 털 머리카락 날리며
간난이가 나풀나풀 걸어간다
어른 손바닥 한 뼘 넓이의 못 둑길을
팔랑팔랑 걸어간다
눈코귀가 없는 아기를 헛것으로 업고 간다
못 끝 저만치서 작은할머니가
빨랫방망이를 두들기고 있다
칭얼대지 않는 아기를 어르며 흥얼흥얼
자장가 불러주며 못 둑길을 무심히 오고 간다
아지랑이 날리는 봄날
아기와 봄 꿈을 꾸고 있는지
풍덩, 작은할머니 온몸 던져 끌어올린
물귀신 물베개
물먹은 간난이 술렁술렁 주위를 둘러싼
수십 개의 눈망울들
울음을 잃어버린 포대기 속 물베개
물속 꿈을 꾸고 있는
숨이 멈춰버린 간난이
저쪽 기억을 붙잡고 있는
희미한 물속의 시간들

김도향 _2017년 〈시와소금〉으로 등단. 시집으로 『와각을 위하여』 『맨드라미 초상』이 있음.

물의 언어

소금시

김명아

물은 빛으로 스며들어 말을 건넨다
바위 틈새로 숨죽이고
한 방울의 물들이 모였다
고요하고 또는 시끄럽게
머무르거나 흐르면서 생명을 깨운다

숨결이 되어 물빛을 담는다
멈춤과 흐름 사이 바람결로 길을 연다
깨어나는 힘은 끝없는 순환,
흐르는 힘은 머무르지 않는다
폭풍의 심장으로 모든 것을 바꾼다

움켜쥔 낮과 밤이 뒤섞여 제자리걸음
미지의 세계로 한 마리의 새를
놓아주고 강물이 바다에 닿을 때
다시 세상이 열렸을까

가장 낮은 곳으로 허락된
물의 시간이 흐른다
가장 가난한 변방으로
지금, 물의 길이 흐른다

김명아 _ 2009년 〈시와산문〉으로 등단. 시집으로 『붉은 악보』 『물속의 잠』 『담다 · 닮다』가 있음. 제3회 한국녹색문학상 수상. 한국현대시인협회, 광화문시인회, 시와산문문학회, 한국기독교문인협회 회원. 현재, 시와산문문학회 회장.

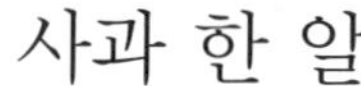

사과 한 알

김미숙

한 알도 벅찼다
섬마을 초등학교 체육 선생님
작은 배에 사과 싣고 하나씩 바닷물에 던지면
고사리손으로 헤엄치며 사과를 줍는다

운 좋아 두 개를 잡으면
가라앉아 짠물 먹기 십상
생명의 한 손은 남겨야 산다는 걸
가르칠 작정이었을까

지금도 인생 짠맛에 눈 아릴 때면
선생님의 사과 한 알을 생각한다
못 잡으면 배고파 죽고
두 개 잡으면 물에 빠져 죽는다는 것을

산다는 것은 그 중간 어디쯤에서
끊임없이 균형 잡는 일이라는 것을

김미숙 _ 1998년 《시와시학》으로 등단. 시집으로 『낙타였소』 외 8권. 그림동화 『양말모자』 교육에세이집 『아이 유치원 보내기』가 있음. 시와시학 젊은시인상, 만해 님 시인 작품상, 창원시문화상, 경남예술인공로상 등 수상. 현재 계간 『동행문학』 발행인, 풀꽃나라 시인학교장.

물

소금시
물

김
선
숙

너에게서
봄의 풋풋함이 살아난다
하얀 꿈을 일깨워
초록의 향기를 피운다

흐르는대로
길이 되고 생명이 되는
빛이 되고 울음이 되는

질풍노도의 파도로
거센 비바람으로, 그러나
가슴 가득 촉촉함을
시원하게 한낮의 소나기로
바위틈에서도 기어이
새싹을 틔우는, 너

네가 있어
세상은 영원히
푸르고 싱싱할 거야

김선숙 _ 대구 출생. 2013년 《시와소금》으로 등단. 대구시인협회, 국제PEN 대구지부 회원. 〈ON시〉 동인, 〈여향 예원시가마〉 동인. 〈서설〉시 동인.

눈물장葬

풍랑과 산호초와 레몬상어와 얽히고 싶지 않습니다.
엄나무 뿌리와 잎사귀와 가시와 얽히고 싶지 않습니다.
사하라와 전갈과 단봉낙타와 얽히고 싶지 않습니다.
월식과 카시오페아좌와 블랙홀과 얽히고 싶지 않습니다.
릴케와 죄와 벌과 부처와 얽히고 싶지 않습니다.
청개구리와 밤길과 홍수와 얽히고 싶지 않습니다.
미칠 듯 애절하던 사랑과 얽히고 싶지 않습니다.
망망대해가 좋다는 말 수정하겠습니다.
첩첩산중이 두렵다는 말도 수정하겠습니다.

뼛가루는 바람에 뿌려달라는
가소로운 망상 명부전에 내려놓겠습니다.

그저 여럿이 서로 닦아주는 눈물만 믿어보겠습니다.

김선아 _ 2011년 《문학청춘》으로 등단. 시집 『얼룩이라는 무늬』 『하얗게 말려 쓰는 슬픔』이 있음. 김명배문학상 대상, 제7회 문학청춘 동인지상 수상.

부산대첩

김선아

대청공원에서도
영도 봉래산 고구마박물관에서도
이기대 능선을 꼬박 넘어 부산 해안과 마주 섰을 때도
가늠할 수 없었다

우묵한 어느 곡진으로 밀어붙여 대승했나
여객선터미널 컨테이너 굴착기
오페라하우스 부지까지 합세한
부산항 일대는 지도와 해도를 바꾼 바다 매립지

한산도해전을 한산도대첩으로
명량해전을 명량대첩으로
재빠르게 갈아입는 사이
부산포해전도 모르는 부산 사람은

친수공원을 부산해전으로
부산해전을 부산대첩으로
소수에서 다수로 확산하는 소리
북항을 빠져 오며 읽는다
물결처럼 나부낀다 파란 현수막.

김선아 _ 2005년 《대한문학세계》로 등단. 시집으로 『봄』 『바다 술병』 외 다수. 부산여성문학상, 한국문협작가상, 부산문학상 대상, 한국여성문학상 외. 부산여성문학인협회 회원. 한국문인협회, 한국여성문학인회 이사. 국제펜한국본부 이사 겸 심의위원.

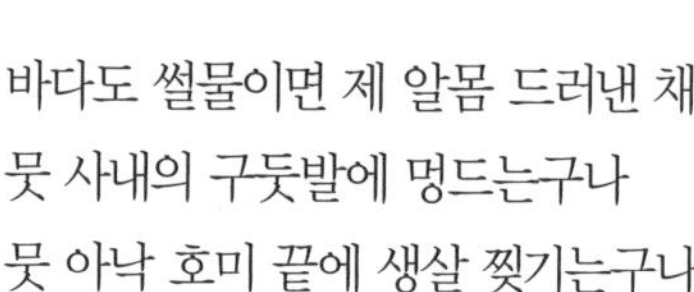

바다에 울다

바다도 썰물이면 제 알몸 드러낸 채
뭇 사내의 구둣발에 멍드는구나
뭇 아낙 호미 끝에 생살 찢기는구나

돌멩이 다닥다닥 조개껍데기들
저 많은 생명들 끝없는 탯줄을 이어
흰 파도 굽이굽이 부서지고 있었구나
죽어 까맣게 점, 점, 점, 점
햇살 아래 뿌리만 남아

물밑 어딘들 동화 속 용궁
푸르게 자라지 않았으랴
바다는 제 옷을 벗어
내 속의 황량함 일러주는 것일까

바다 곁에 누워 울다 잠이 들자
하늘 한 자락 발목 덮어준다

김성조 _ 1993년 〈자유문학〉으로 등단. 시집 『영웅을 기다리며』 『신화의 푸른 골목길을 걷다』 등. 시선집 『흔적』 학술 저서 『한국 근현대 장시사長詩史의 변전과 위상』 평론집 『詩의 시간 시작의 논리』

물의 노래

김
성
호

흥얼흥얼 맴돌며 진종일 고여들어
옹달샘 찰랑찰랑 맑은 샘을 만들면서
암벽 틈에서 내려 돌확으로 스미다가
조약돌 모래알 밀치면서 내쳐가면
계곡과 포강 어귀에 차고 넘쳤지.
물결 파르르 여울지면 시냇물 되어
제법 우렁찬 노래를 쉼 없이 불러
고기와 어말이 모여 꼬리를 흔들면
다슬기 가재 새우들도 어깨를 들썩들썩
돌틈에 집을 짓고 짝을 찾아 알을 슬지.

때로는 포강물 휘오리를 못 이겨
저수지에 갇혀 수관 따라 입술 굳게 닫고
강파란 강둑 달려 비끼면서 해안에 닿으면
파도자락 헤쳐나가 갈매기 함께 술렁술렁
비취 호수섬 오가면서 파고를 일으키지.
지평선 좇아가다 수평선 미지로 향하면
해안 모래펄 종알종알 곡조를 퉁겨내며
처얼썩 기운차게 끌어당겼다 밀쳐낼 때마다
천상 망망한 미리내가 무한을 속삭여 주고
대양도 은파를 펼치면서 왈츠에 몸 맞추지.

김성호 _ 2002년 《현대시》로 등단. 시집으로 『소리의 하늘』『소리의 여행』『보도블록에 깃든 숨결』『연약함이 강함을 용서한다』가 있음.

김수예

섬, 서목

섬은 물 위에 떠 있다

나는 섬을 향해 서 있고
섬은 수평선을 바라보고 있다

나는 섬에 갈 수 없고

섬은 고유한 섬인 채로
수평선은 늘 수평선대로

물은 끝없이 섬을 낳고
하늘은 쉬지 않고 구름을 말아놓는다

배 한 척 물에 길을 내며 사라진다

섬은 하늘 아래 떠 있고
수평선은 구름 아래 멀고

나는 출렁거린다
세상에서 가장 먼 섬이 거기 있다

섬은 섬을 향한다

김수예 _ 2020년〈포엠포엠〉등단. 미디어콘텐츠북 『목소리가 얼굴에게』 시집 『피어나 블루블루』『오아시스는 멀리에 있어』외.

수족관 앞에서

유치원에 다니는 딸아이의 등쌀에 못 이겨
무등산 계곡에서 모셔온 아홉 마리 갈거니가
하루아침에 세 마리로 줄어 있다
한참이 지나도록
한 생이 지나도록
줄어드는 밥그릇을 향해 떼 지어놓고
저희끼리 피어린 생존경쟁에 살아남느라
간밤 절벽에 매달려 오르내리며 쓰러지며
주저앉아 힘을 빼거나 잡아먹힌 것이다, 아서라

위계라니,
도저히 양보할 수 없는 수조 안
난 이 명랑한 세상을 단단한 두 손으로 버틸 수 없다

김승필 _ 2019년 《시와정신》으로 등단. 시집으로 『옆구리를 수거하다』 등이 있음. 2021년 광주문화재단 창작 지원금 수혜.

염생하다

저토에 떨어져 분해를 시작하니
새로운 생이 시작된다
바다가 막혀 갯벌이 마른 땅에
소금기를 마시며 담수의 꿈이 날개를 편다
퇴적물이 씻기어 환생할 수 있다면
단절된 물줄기를 찾을 수 있을 텐데
서식처없이 떠도는 뿌리
넓고 붉은 이파리를 밀어 올리며
굵은 목줄기 척박한 땅에서 자양분을 얻으며

간이 들어 염분이 결정을 이루는 사이
염수액에 자주 수로가 막히고
현기증은 산통을 부르는 사이
적막한 통증 하얗게 소금을 토하고
우아한 염분 아래 길게 뿌리를 내리는 사이
목조여도 바투는
길게 염장되는 생애

김신영 _ 1994년 〈동서문학〉으로 등단. 시집으로 「화려한 망사버섯의 정원」 외 다수. 경기문화재단 우수작가
출간지원, 심산재단 시문학상 외 다수. 현재 이천문인협회 회장.

물 위에 물을 새기는

이건 물의 화법이다

오래전에 죽은 물살을 건져내어
더 오래전에 죽은 물살을 위로하는
조각난 잔해들을 다시 돌아오는
죽음 뒤의 뼈라고 부른다

잘못된 선택이 슬픔의 근육으로 견뎌냈던 한 시절
넘칠 듯 넘치지 못했던
문장의 혀를 받아드리는데 시간이 걸렸다

높은 곳에서 낮은 곳으로라는 본능에 충실하고
제 것이라 해도 넘치게 쌓아두지 않는
물속에서의 통정은 묵언의 내면에 기대었다

물살을 잡으려다 물을 놓친 풍경이 바닥에 숨겨 있다
바닥이 낮아 감정을 댈 포구가 사라졌다 해도
이걸 물의 반역이라고 불러선 안 된다

너를 보내고 난 뒤 인기척을 가다리다
난 훨씬 더 추워진 배경을 견뎌야 했다

물살 위로 아프지 않아야 할 미래의 이름들을 새긴다

김양숙 _ 1990년 《문학과의식》 등단. 시집으로 『지금은 뼈를 세우는 중이다』 『기둥서방 길들이기』 『고래, 겹의 사생활』 등이 있음. 한국시인상, 시와산문 작품상 수상.

김
영
삼

물방울같이

그냥 물도 좋지만
물방울같이

겉도 없고
속도 없고

말랑한 몸이 투명한 말인
물방울같이

토란이나 연잎이나
살아도 푸른 세계에서나

굴러온 흔적 없이 살아온
살아온 흔적 없이 굴러온

물방울같이

가도 낮은 데로, 낮은 데로만
또르르 달려가 기꺼이 네가 되는

너 속에 더 큰 내가 되어 반짝이는

김영삼 _ 2011년 강원일보 신춘문예로 등단. 시집으로 『온다는 것』 『우연은 필연처럼 오지』가 있음.

정화수 한 대접

마주 보고 절 했었지
연하게 웃는 눈이 좋았지
늘 옆을 지키려 했었어
둘만의 약속이었어

싸워 돌아섰던 기억에
찬 바람은 없고
따뜻한 감촉만 남아서
손등이 자꾸 젖어 가

잘 있니?
감나무 잎 사이 흐르는 달빛이 밝네
나도 그럭저럭 잘 살아

다 떠난 옛집
뒤집힌 장독에 물 한 대접 올려놓고
담 모서리에 기대 발만 툭툭 차는데

짙은 색 대접에 소꿉장난 약속이 찰랑인다

김완수

김완수 _ 1973년 경남 밀양 출생. 2022년 《한국미소문학》 가을호 등단. 2025년 대한민국 장애인문학상 최우수상 수상.

소금시
물

김
완
하

물

길 따라 흐르며 그 길 가득 채우는

또 하나의 길

시간과 하나 되는 물이여

절대 뒤돌아서지 않는, 길이여

길 위로 흐르면서 이미 길이 아닌

하나의 길을 비워 내

다시 길을 여는 저 물의 길

김완하 _ 1987년 《문학사상》으로 등단. 시집으로 『길은 마을에 닿는다』 『그리움 없인 저 별 내 가슴에 닿지 못한다』 『네가 밟고 가는 바다』 『허공이 키우는 나무』 『절정』 『집우물』 외 다수. 시와시학 젊은시인상, 대전시문화상, 충남시협본상 등 수상. 《시와정신》 편집인 겸 주간.

그래프

유리컵에 물을 따른다 '하루 2리터의 물을 마시자' 는 노란 포스트 잇이 흘깃 나를 본다 천천히 컵을 든다.

아침 햇살에 빛을 잃은 가로등이 보인다 푸른 공기가 내려앉은 거리를 보며 냉장고 문을 연다. 문에 붙여둔 사진 속의 내가 시폰치마를 끌며 해변을 걷고 있다 문을 닫으니 내가 수평선과 함께 비뚤어진다 일요일을 보내는 방식은 사람마다 다르다 모눈종이 한 칸을 칠한다.

물을 마시는 사이사이로 도시의 소음이 파고 들었다 컵을 들고 가만히 앉아 있으면 의자는 말이 없다 몸이 찰랑거리도록 칸이 꽉 찬 모눈종이, 돌돌 말면 금세 밀봉이 되는 하루, 하루가 너무 좁아서 뒤로 물러나다 물을 엎질렀다 물가에 앉아 휘파람을 불고 싶다.

모눈종이 안에서 개망초가 바람에 흔들렸다 강아지풀이 가시처럼 어른거렸다 강아지풀을 검지로 만졌다 손가락 사이로 이슬이 또르르 굴러내린다 축축한 손으로 비뚤어진 사진을 똑바로 세운다 아침이 가벼워 졌다.

김유진 _ 본명 김옥진. 2014년 국제신문 신춘문예 시 당선.

김
유
진

김
인
숙

물의 몸

등뼈를 버리면
등뼈가 생길 것이라 했다
먼
우주 끝에서부터
마음 없는 마음으로
어둠 속을 달리며 맑아졌을 것이다
거듭 연해지고
거듭 부드러워지다가
마침내
둥글거나 평평하거나 길게
천의 몸,
만의 얼굴이 되었을 것이다
흐르면 길이 되고
서면 바로 거기에 자리가 열리는
자유를 버리면
자유가 생길 것이라 했다

김인숙 _ 〈월간문학〉 등단. 시집 「꼬리」「소금을 꾸러갔다」「내가 붕어빵이 되고 싶은 이유」「익숙한 것을 새롭게 보는 방식」 논문 「구상 시인의 생애와 왜관 낙동강」 신라문학대상, 한국문학예술상, 농어촌문학상 대상, 경북작 가상, 경상북도문학상, 석정촛불시문학상 등. 현재 구상문학관 시동인 〈언령〉 지도교수.

물의 숨결

흘러 흘러
돌 틈 스며드는 물결
마른땅 적신다

깊은 뿌리 안
숨 깨우고
빛 담아 바다로 흐른다

낮은 곳으로 낮아져
모든 힘 모아
보이지 않는 길 연다

말 없는 손길
산과 강, 마음 감싼다

드러나지 않아도
세상 지탱하는 이름, 물

김임백 _ 동아연합신문 신춘문예 시 당선. 시집 『햇살 비치는 날에』 『부화를 꿈꾸며』 외 공저 다수. 한국문학인협회문학상 대상, 허난설헌문학상, 박화목문학상, 황희문화예술상, 한국시낭송회 전국 대회 대상, 통일부장관문학 대상, 동아연합신문 시낭송상 대상 등 수상. 한국문인협회, 대구문인협회, 달성문인협회, 대구펜문학 이사, 죽순문학, 시하늘 회원.

물은 사랑이더라

물은 생명이더라
온 몸속을 흐르며 그대에게 다가가는
사랑이더라
오직 한 사람에게만 다가가는 외로움이더라
한밤중 아무도 모르게 가슴을 적시는 이슬이더라
슬픔이더라
수많은 별이 잠들은 바닷속에서 반짝이는
빛이더라
태고 때부터 변하지 않은 모습이더라
신이 준 생명이더라

김재천 _ 2012년 《문학예술》로 등단. 시집으로 『그리고 남아있는 것은』 『거울 앞에서』 등이 있음. 한국문인협회, 한국시인협회 회원. 충남문협, 충남시협 이사. 서안시문학회 회원.

서퍼

소금시
물

김
정
미

아슬아슬하게 파도의 끝을 빌려 타는 서퍼들

출렁이는 불안을 가지고 논다
누구나 처음은
처음 살아보는 일이어서 연습 따윈 없다
단번에 한쪽으로 무너진 사람이
그 단번을 붙잡고 일어서는 견본이 되는 일

그래, 불편도 손목에 매달고 즐겨야 두근거리지

어느 쪽이든 넘친 곳을 파도의 주소로 삼을 수 있으니까
모든 놀이는 위태로운 구간을 채근해서 생겨나니까

불편을 견딘 한때는
파도 끝을 즐기는 서퍼들의 푸른 착지점
그 막다른 끝을 붙잡고 자꾸 넘어지다 다시 일어서서
다음 파도를 기다린다

뒤뚱거리며 파도 끝을 다듬는 것쯤은 아무렇지 않은 일이라고
서퍼가 되려고 물결의 끝
궂은 날씨가 된 사람을 알고 있다

김정미 _ 2015년 《시와소금》으로 등단. 2025년 국제신문, 2024년 영주신문 신춘문예 시 당선. 시집 「오베르 밀밭의 귀」「그 슬픔을 어떻게 모른 체해」가 있음. 춘천문학상 수상

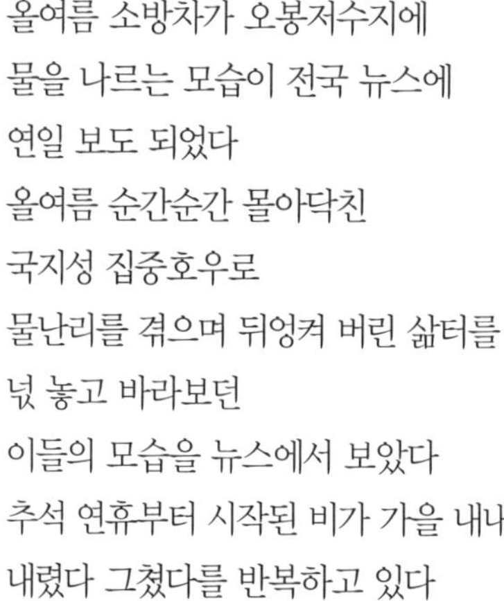

김
종
원

오늘도 비가 오네

올여름 소방차가 오봉저수지에
물을 나르는 모습이 전국 뉴스에
연일 보도 되었다
올여름 순간순간 몰아닥친
국지성 집중호우로
물난리를 겪으며 뒤엉켜 버린 삶터를
넋 놓고 바라보던
이들의 모습을 뉴스에서 보았다
추석 연휴부터 시작된 비가 가을 내내
내렸다 그쳤다를 반복하고 있다

최근 내린 비로 오봉저수지에서
자연 방류를 시작했다는 뉴스를 보았다

올여름 날씨가 왜 이런지 모르겠다고
이구동성이다

오늘도 목청 돋우며 비가 내리고
창 너머 내리는 비를 바라본다

아무 생각 하지 않으려 해도
가슴을 헝크러 놓는 생각들뿐.

김종원 _ 1986년 (시인)으로 등단. 시집 「흐르는 것은 아름답다」 「새벽, 7번 국도를 따라가다」 「다시 새벽이 오면」 「길 위에 누워 자는 길」 등이 있음.

시간의 샘, 검룡소

지친 하루를 털고 검룡소로 가자
오래된 바람이 잠든 숲길 지나
깊고 푸른 눈目, 가진 샘으로 가자
저기, 돌 틈에서 솟아오르는
물방울 한 점, 또 한 점
천년의 시간을 뚫고 나와
처음이 되는 곳, 다시 태어나는 곳
손을 담그면 맑은 물이
지나온 날들의 먼지 씻어주고
들숨 쉬면 바람 속에
아득한 옛 노래 번져오네
시간은 멈추지 않고 끝없이 흘러가리
우리의 하루도,
우리의 생도,
맑은 샘처럼 다시 시작되리

김채영

김채영 _ 2009년 〈한맥문학〉으로 등단. 시집으로 『푸른심장의 노래』『그리움은 홀로 빛나는 미등』과 포토에세이 『춘식이와 나의 사계절』이 있음. 현재 한국문인협회, 강원문인협회, 한국문협 태백지부 회원.

김
파
란

물의 철학

따지고 보면 모든 것은 물이다
짐승도 사람도 숲도 돌도
짓고 허무는 집마저 물이다
우주에서 날아온 물 한 방울이
거대한 바다로 세상에 흐르고 있다
그대는 물처럼 흐르며 살고 있는가
바닷물은 다시 아름다워지기 위해
구름에 올라가 빗물이 된다
빗물은 다시 성숙해지기 위해
검은 흙 속으로 스며들어 지하로 흐른다
지상을 뚫고 올라온 물은 강으로 흘러가
더러운 것과 깨끗한 것 가리지 않고 품는다
악인에게도 선인에게도 아무 말 없이 내어준다
겨울 강은 절대 포기하지 않는다
속을 비우고 또 비워내 얼음에 매달려
바닥에 붙어사는 어린 물고기를 살려낸다
따지고 보면 나도 물인데
물처럼 흐르며 살고 있는가
막히면 돌아가고 부딪히면 깨어지고 있는가

김파란 _ 2024년 〈시와소금〉으로 등단. 2024년 강원시조 등단. 시집으로 『헤어hehr질 결심』이 있음.

물, 소리를 읽다

맑은 계곡물을 만지다가
둥글게 빛을 발하는 돌멩이를 만났다

윤슬 위로 반짝이는 작은 돌을 만지며
쉴 새 없이 욕심으로 가득했던
마음을 읽고는 소스라치게 놀랐다

연초록이 물 안에 젖고
크고 작은 돌멩이들이 작은 음표를 만들고
아주 큰 바위에서는 한 박자 쉬고 간다

꼭 쥔 돌들을 물속에 던지니 경쾌한 음표를 그린다

엉클어진 일상의 시간들이 나뭇잎을 따라 흐른다
맑고 경쾌한 리듬
물은 걸림돌을 노래로 만드는 힘이 있다

김현주 _ 2016년 《시와소금》으로 등단. 2018년 부산일보 신춘문예 당선. 시집으로 『황홀한 고립』 『눈부신 침묵』이 있음. 울산시조 작품상 수상.

토렴 바다 탄생설

송곳 하나쯤 꽂을 땅에 이름을 새기겠다고
가슴에 구멍을 내고 검붉은 혈서를 쓰다가

바다 한 귀퉁이로 주소를 옮기기로 한다
제방을 쌓아 소문을 가두고
지느러미는 넓은 세상 쪽으로 방생한다

짜디짠 시절을 정안수로 토렴한다

모래알만큼 헹구고 닦아 꼭 짜내고, 꼭 짜내어
토렴한 시작을 꺼낸다

오지리 435번지라고 쓰인 논 서 마지기를 흔드는데
환한 얼굴로 바라보는 바닷물
내려다보며 앞섶을 여미고 안심한 듯 달아나는 하늘

한껏 푸르다

김효운 _ 2020년 〈월간문학〉으로 등단. 시집 『목련틀니』 『붉은 밤』 『위험한 선물』이 있음. 충남시협 신인상, 웅진문학상(수필), 금암문학상, 홍완기문학상 수상.

ㄴ - ㅂ

나고음	나금숙	나기철
나호열	남정화	남태식
려 원	류광미	문창갑
박광희	박대성	박두순
박복영	박봉준	박분필
박수용	박수현	박정숙
박종영	박주영	박진하
박해림	배세복	백우선
백혜자	보 우	

소금시
물

미련 없이

나
고
음

‘미’에는 물의 의미가 있다지
‘미나리, 미더덕, 미꾸라지, 미역감다’에서 보듯
‘미’는 ‘밑으로, 미끄러지듯, 미련 없이
미련 없이…… 란 뜻도 있어

강을 사이에 두고 그와 나는 서로의 물결로 미끄러져 갔다

물에 잠긴 미나리를 만지며 강물에 미련을 담아 흐르는 동안
그물 사이로 그 미련마저 빠져나가고
미련 없이 우리는 서로를 버렸다
돋보기로 메뉴판 글자를 보는 그럴듯한 중년이 되기까지
미련 없음이 얼마나 미련했었나를 알기까지
우리는 서로를 버렸다
‘미’에는 ‘미련 없이’란 뜻도 있어…

나고음 _ 2002년 《미네르바》로 등단. 시집으로 「불꽃가마」 「저, 끌림」 「페르시안블루, 꿈을 꾸는 흙」 「그랑드자
트섬의 오후로 간다」 등이 있음. 서울시문학상, 바움작품상, 한국시문학상, 숲속의 시인상 수상.

약속

소금시
물

어제 내린 빗방울을 닦지 않습니다
그대로 흘러내리라고 해
꿈 속에서 베란다가 속삭입니다
아무도 나를 가두지 못한다고
홀연히 베란다가 날아갑니다
우두커니
창 밖을 내다보시던 어머니가 날아갑니다
구석에 세워놓은 침낭 속에서 새가 우짖습니다
어느 새벽 나를 따라왔을까요

허공에 풀어 놓아주고 뭔가 먹여야지요
꿈속에서 나는 어미새가 되어 지하실로 내려갑니다
거기 먼지 뒤집어쓴 물건들
영혼을 휘젓는 운동을 으랏찻차
창가에 놓인 햇볕 밝은 침대에서 안구마우스는
오늘도 희망이라 쓰고
내일이라고 읽습니다
얼어붙은 언약에게 잠자는 언약에게
내가 간다고 따릉따릉 종을 울려줍니다
겨울을 나는 난민들의 캠프
바빠지는 태양처럼

나
금
숙

나금숙 _ 2000년 《현대시학》으로 등단. 시집으로 『사과나무 아래서 그대는 나를 깨웠네』 외 2권.

나
기
철

목소리

늘
건너오는
투명한 듯

사각사각
나뭇가지

담록빛

물방울
굴러가는

나기철 _ 1987년 《시문학》으로 등단. 시집으로 『섬들의 오랜 꿈』 『남양여인숙』 『뭉게구름을 뭉개고』 『올레 끝』 『젤라의 꽃』 『지금도 낭낭히』 『담록빛 물방울』이 있음. 풀꽃문학상, 서정시학상, 김달진문학상 수상. '작은詩앗 · 채송화' 동인.

강물에 대한 예의

아무도 저 문장을 바꾸거나 되돌릴 수는 없다
어디에서 시작해서 어디에서 끝나는 이야기인지
옮겨 적을 수도 없는 비의를 굳이 알아서 무엇 하리
한 어둠이 다른 어둠에 손을 얹듯이
어느 쪽을 열어도 깊이 묻혀버리는
이 미끌거리는 영혼을 위하여 다만 신발을 벗을 뿐
추억을 버릴 때도
그리움을 씻어낼 때도 여기 서 있었으나
한 번도 그 목소리를 들은 적이 없구나
팽팽하게 잡아당긴 물살이 잠시 풀릴 때
언뜻언뜻 비치는 눈물이 고요하다

강물에 돌을 던지지 말 것
그 속의 어느 영혼이 아파할지 모르므로
성급하게 건너가려고 발을 담그지 말 것
우리는 이미 흘러가기 위하여 태어난 것이 아니었던가
완성되는 순간 허물어져 버리는
완벽한 죽음이 강물로 현현되고 있지 않은가

나
호
열

나호열 _ 1986년 《월간문학》, 1991년 《시와시학》으로 등단. 시선집 『울타리가 없는 집』『바람과 놀다』와 시집 『안부』 외 다수. 현재 도봉문화원 부설 도봉학연구소장.

물의 감정

남
정
화

너는 한때
타락한 인간의 죄를 단죄했던 심판의 도구였다
선과 악의 양면성을 가진 너는
태양과 타협될 땐 천사의 웃음으로 노래하다가
구름과 충돌하면 악마의 목구멍으로 변모해
격노로 세상을 쓸어 삼키는 이중인격자다
너는 유연하지만 단호하여 어떤 형태든 변화된다
슬픔 없는 너의 눈물 통곡이 되면
산의 맥을 꺾고 속살까지 벗겨 알몸으로 내몰고
아우성치듯 달려가 강 되고 바다 되면
즐기지 못하고 간 일생 후회하겠지

열정과 냉정
한 몸에 지닌 너는 사탄왕국에서 입성한 루시퍼다
펄펄 끓는 성질 폭발하면
화인으로 지울 수 없는 상처 남기고
북풍과 규합하면 세상 꽁꽁 얼어 붙이는 냉혹한 된다
생명 탄생과 성장을 돕는 절대자며
용서와 위로를 주는 선지자
죄를 씻어내는 성수聖水요 간구하는 정화수다
인간 세상 생사화복을 넘나드는 물의 정령이여
선한 얼굴로 인간 세상 축복해 주오

남정화 _ 2015년 《문학사랑》으로 등단. 경북신문 이야기 공모전 동상. 2021년 다연장학회 수필 수상.

맹물 설거지

기름기 있는
음식을
거의 먹지 않아서

세제 안 쓰고
맹물로
그릇들을 씻는다.

혹시나
기름기가 밴
그릇들이 나오면

뜨거운
물에 헹구어
담갔다가 씻는다.

남태식 _ 2003년 〈리토피아〉로 등단. 시집으로 『상처를 만지다』 『돌이나 물이나 그런』 외 다수. 김구용시문학상 등 수상.

려

원

고양이 해부학

오므린 발톱 침전물 속
고양이 형상이 잠들어 있다
수염으로 자라난 얽히고설킨 삶의 물줄기에서

그것은 침묵 속에 웅크리고 있다
야옹대는 물줄기의 울음소리로
고양이 무늬는 새겨지고 시간의 무늬 덧씌워진다

대륙의 꿈, 판게아의 잔상이 흐릿하게 떠오르고
거대한 시계가 자정을 향해 움직인다
생명의 찰나

비는 쏟아지고 생명의 방울들은 튕겨 오른다
원초의 고양이들 어둠 속에서 빛을 향해 뛰어오르며
새로운 시대의 문을 연다

고양이의 눈빛은 별이 되고
그들의 울음은 창세기의 우주가 된다

영원의 고독을 간직한 그 돌을 주워
고양이의 역사를 해부하는 중이다

려 원 _ 2015년 《시와표현》으로 등단. 시집으로 「꽃들이 꺼지는 순간」 「그 해 내 몸은 바람꽃을 피웠다」 외. 현 문학(예술) 강사.

물에서 나오다

홀린 듯 빨려 들어간다
손짓발짓 다 하는데
잡지도 닿지도 않는다

소용돌이치는 순간
한 번 두 번 올라오면서
허우적거리는 손보다
머리 먼저 나온다

아스라이 보이던 꿈
살짝 들리던 소리도 멀어져 가고
낯선 물빛 피하려
고개 돌릴 때
놀라는 눈빛들이 보인다

눈 감고 토해 낸 울음에
아이고 이놈아!
한고비 넘긴 눈물 섞인다

류
광
미

류광미 _ 2022년 《시와소금》으로 등단.

물거울

우리 집 개 복순이 밥그릇은 한때는 제 입에 닿던 그릇이었습니다. 지지난해 늦가을 밤, 오랜 산통 끝에 복사꽃 같은 새 생명 셋을 세상에 내려놓았을 때, 정성껏 미역국을 담아 복순이에게 내어준 거지요.

그 그릇, 사람의 밥그릇에서 개의 밥그릇으로 졸지에 격이 바뀌었건만 섭섭한 기색 없이 묵묵히 제 자리를 지켜온 그릇입니다. 하기야 그릇의 눈으로 보면, 사람이나 개나 그게 그거 아닐는지요.

가끔은 온몸 가득 빗물을 모아 먼 곳의 뭉게구름 무아무심 띄워보는 물거울이 되기도 하고, 마실 나온 새 두어 마리 잔망 떨며 깨끔히 씻고 가는 목간통이 되기도 하는 그릇, 언젠가는 누군가의 약그릇으로 다시 모셔 올지도 모릅니다.

기별 주십시오. 당신이 매우 아플 때, 멋들어진 길상문이 새겨진 이 그릇을 맑게 닦아 보내드리겠습니다.

문창갑 _ 1989년 《문학정신》으로 등단. 시집으로 『깊은 밤 홀로 깨어』 『빈집 하나 등에 지고』 『코뿔소』 등이 있음.

물의 길

박
광
희

달려오고 날아오르고 하늘 너머로 사라진다
포말 알갱이에서 공중 물 폭탄까지

언제 아기의 눈에서 나와
낡은 몸 핏줄 안에서 저 죽음 속으로 빠져나가는 걸까?

가두어도 넘쳐흘러도
차마, 재난 만화의 한 컷이기를 바라며 숨 헐떡이는 것쯤이야
불행히도 야만의 물 세상에선 흔한 일이지

풀잎에 물든 연둣빛 물이 민달팽이 몸에
사르르 내려
여린 숨에
느린 시작에 수줍게 기웃대야
그제야 물 심장의 두근거림을, 새 울림을 듣게 될 게다

박광희 _ 2012년 강원일보 신춘문예 시 부문 당선. 작품집으로 『마음아, 말해 봐』가 있음. 한국가톨릭문인협회
회원.

박
대
성

물

묵 문 묻 뭄 뭅 물이 되기 위하여
흐르고 흘러
뭇 뭉 뭊 뭋 묵 물이 되기 위하여
산 넘고 들을 달려
뭍 뮾 뭏 뮼 뭃 물이 되기 위하여
얼고 녹고

몸을 씻어 주기 위하여
밥이 되기 위하여 달려온
이슬 안개 흰 구름 소나기
이슬비 함박눈 싸락눈 서릿발

온몸이 손 발
온몸이 입 눈
온몸이 믿음 소망 사랑으로 흐르는 아버지
그 아버지 안아 흐르는 어머니
어머니

박대성 _ 2001년 강원일보 신춘문예로 등단. 시집으로 『아버지 액자는 따스한가요』 『파도 닮는 아바이』 『아사
달로 가는 갯배』 『눈부신 것은 눈으로 보는 것이 아니어서』가 있음. 속초 물소리詩낭송회, 최명길 시인 선양회,
속초문인협회 회원.

물의 뼈

1백 년만의 폭설
얼어붙은 말간 물의 뼈들

순하디순하게 속 다 보이던 물
단단히 몸 걸어 잠그고
찬 길바닥에 드러누워
단단하게 농성하는 물의 뼈

뼛속에 차디찬 맛
굳은 위태로움이다
모두 그 앞에 와선 설설 긴다

허리를 빳빳이 세우고 고개 쳐들었다간
꽈당, 바닥에 내동댕이쳐지는
물의 뼈 맛을 볼 것이다

조심스럽게 다가오는 자에게만
따끔한 맛 감춰버리고 마는 물의 뼈
걷는 일은 늘 조심스러우니 조심하라며.

박두순 _ 1977년 《아동문학평론》 동시 신인상, 1998년 《자유문학》 시 신인상 당선. 동시집 「칼의 마음」 등 13권. 시집 「어느 날은 왜 중요한가」 등 6권. 대한민국문학상, 소천아동문학상, 한국아동문학상, 방정환문학상, 한국문협작가상 수상. 국제펜한국본부 부이사장, 한국동시문학회장 역임.

박
복
영

물을 찾기 위한 에스키스
— 글을 낳는 집*에서

모월모일, 우리는 한데 모였다

바깥의 햇볕은 모두 돌아갔으므로

개구리들은 왜 자결을 준비하는 결의처럼 울어대는지

사월의 밤은 소란했다

온몸이 그을린 저녁은 이미 기다리는 중이고

달빛은 차마 외면 할 수 없었는지

안으로 들어서지 못하고 서성거릴 뿐이었다

저들처럼 우리의 사랑도 시끄럽기를

결백을 증명하듯 흘러가기를

잠시 끊어진 바람 사이

울음으로 달궈지는 늦은 봄밤이 외롭지 않기를

그대의 저녁은 예의 없이 찾아왔으니

각자의 방으로 돌아갈 때까지

논물은 달빛 들여 꿈을 꾸고 싶었다

울음을 떼어먹으며 벼 이삭은 자라고

말라가는 논물은 어둠을 덮고

비구름을 흉내 내고 있었다

* 글을 낳는 집 : 전남 담양

박복영 _ 1997년 《월간문학》으로 등단. 2014년 경남신문 시조, 2015년 전북일보 시 당선. 시집 『아무도 없는 바깥』 외. 시조집 『그늘의 혼잣말을 들었다』 등. 여수 10.19평화문학상, 한국해양문학상, 송순문학상 등 수상.

부딪쳐 고이는 소리

산속 작은 여울
오장육부가 훤히 들여다보이는
물의 몸
속이 텅 비었다

낮은 세상으로 흘러가는 물 돌부리에 걸린 물이 소리를 낸다 가만히
들여다보면 속이 빈 물의 소리에는 통점이 없다

어느 때인가 물과 물이 부딪친 자리에
뱀이 지나간 흔적이 있었다

큰물이 휩쓸고 가면 흔적도 남지 않아 물이 불보다 무섭다는 어머니는
장마철만 되면 삭신이 쑤신다고 했다

소리를 잃은 물은 우울도 깊어
호숫가에 앉아 생각 속으로 가라앉기도 하는데
그 심중을 헤아리지 못해 멍할 때가 있다

제 속 다 비운 여울물도
부딪치는 곳에서는
소리가 난다

박
봉
준

박봉준 _ 2004년 (시와비평)으로 등단. 시집으로 『입술에 먼저 붙는 말』 『단 한 번을 위한 변명』 『참. 말이 많습
니다』가 있음. 두레문학상, 강원문학상, 강원사랑시화전 최우수상. 강원문협 이사, 갈뫼 동인, 고성문학, 관동문학
회원. (사)한국가톨릭문인회원. 현재 강원 고성신문 칼럼위원.

박
분
필

봄비

봄을 붙들어 액자에 넣고
거실 벽에 걸어두었다

가지마다 화안하게
꽃등 밝힌 벗꽃 그늘 밟으며
은어 떼처럼 봄비 몰려온다

액자 밑 흔들의자에 기대
꽃잠 든 어머니의 무릎 위로
팔랑팔랑 꽃잎들이 떨어진다

꽃잎이 가는 길로
어머니도 갈 길 서두르신다

박분필 _ 성균관대 유학대학원 수료. 1996년 《시와시학》으로 등단. 시집으로 「산고양이를 보다」 「바다의 골목」 등. 동화집으로 「하얀 날개의 전설」 「홍수와 뗏쥐」가 있음. KB(국민은행)창작동화 공모제 대상. 문학청춘 작품상. 한국시문학상 등 수상.

소금시
물

웅덩이에 핀 능소화

담을 넘어 바닥까지
하늘 향해 구름까지
앞으로 나란히 고개 내미는 너

마침내 하늘이 왈칵
쏟아 낸 눈물바다
젖지 않고 피는 꽃
여기에 있다

웅덩이에 피어 흠뻑 젖은 송이
말갛게 씻긴 울음바다
젖지 않고 피어 싱싱하다

오르르 하얀 구름 떼
검은빛 아스팔트 위 청청하다
주황 노랑 꽃마다 고개 내밀며
휘어이 휘이 밖으로 밖으로

여름이 온데간데없을 때까지
내내 피었다 너와 함께
쏟아진 여름 위로
쨍하게 빛난다, 우리

박 수 용

박수용 _ 2024년 〈시와정신〉으로 등단. 시와정신 문학방송국장. 텍스트힙 강사(온마을쉼표학교 이). 대전여자
고등학교 국어 교사.

소금시

물

붉은 호수

　미얀마 산정호수 인레에 비가 쏟아진다 종일 빗방울이 굵다 바람이 데불고 온 우기의 발자국들 물 위를 떠다니는 밭 쥰묘(Kyun Myaw)에 꼭지 빠진 노란 오이꽃과 채 영글지 못한 방울토마토가 수북하다 비가 오는 날이면 인따족 사내들은 외발노(櫓)를 젓는 대신 사탕야자나무 발효주, 탕어옛을 마시며 현악기 사웅 가락에 취한다 울타리 근처 부레옥잠 보라들이 비바람에 쓸리고 둥근 고리를 목에 건 여자들은 연(蓮)줄기에서 뽑은 실을 자아 옷감을 짠다 다나카 분칠을 한 소녀들은 바나나를 씹으며 대나무 덫에 갇힌 물고기마냥 집 안에서 맴돈다 비를 피해 들어온 한 무리 매미들, 작은 몸통을 미처 빠져나가지 못한 울음이 수상가옥 망문마다 까맣게 둘러붙어 있다 이끼 자욱한 기둥들을 타고 오르는 부겐베리아보다 더 붉은 호수의 물살이 잠 속까지 들이친다 속수무책이다 비를 견디는 마음보다 몸이 먼저 젖는다

박수현 _ 2003년 《시안》으로 등단. 시집으로 『운문호 붕어찜』 『복사뼈를 만지다』 『샌드페인팅』 등. 동천 문학상 등 수상.

점 속의 잠

박
정
숙

돌벽에서 산산이 뿌려지는 하얀 물보라는
생의 우물에서 퍼 올린 것처럼
억누르고 다시 기어올라 억누르는 파도의 껍질
그건 고요의 절규

햇살이 시려 실눈으로 아득히 보면
태평양 저기 건너, 그 건너
강릉 바다 건너 호반의 도시 춘천이 있는 곳
물로 이어져도 멀기만 하네

야자나무 허리에 휘감기는 노래 속 레돈도 비치*
윈드서핑을 즐기는 젊은이들에게는 낮이 너무 짧고
밤도 낮도 짧은 사람은 아랑곳하지 않고
푸르고 젊은 바다 푸른 바람에 흔들리네

모든 게 멀고 높게 보이는 해변
비치파라솔 한 점點 그림자 아래에서
점이 되어 스르륵 잠에 빠져든다.

* 레돈도 비치 : 미국 캘리포니아 태평양에 이어지는 해변

박정숙 _ 2019년 《영남문학》으로 등단. 시집으로 「반려」가 있음. 영남문학상(2022), 계간문예 작가상(2023) 수상. 계간문예작가회 부회장, 한국시인협회, 국제PEN한국본부, 사)영남문학예술인협회, 한국문인협회 회원.

그리움에 비가 내리면

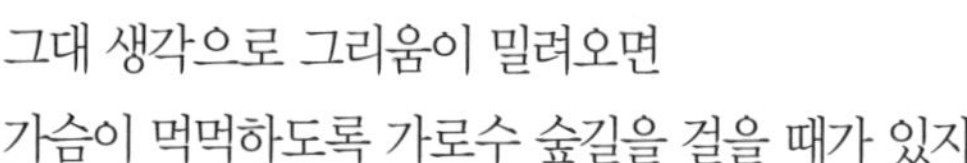

그대 생각으로 그리움이 밀려오면
가슴이 먹먹하도록 가로수 숲길을 걸을 때가 있지

그대 그리움으로 고독이 밀려오면
텅 빈 가슴에 감정이 소용돌이칠 때가 있지

어느 봄날 푸릇푸릇 나뭇잎을 적시는 장대비가 오는 날이면
빗방울 소리가 음악처럼 들려 외로움을 달래줄 때가 있지

길을 걷다가 문득 그대 생각으로 가슴이 아프면
무작정 자작나무 숲길을 걸으며 외로움을 달랠 때가 있지

어느 날 문득 푸른 잎새 위에 가랑비가 알알이 맺힐 때면
그리움은 비가 되어 하염없이 내 마음을 적시겠지

박종영 _ 2017년 《시와정신》으로 등단. 시집으로 『서해에서 길을 잃다』 『우리 밥 한번 먹어요』가 있음.

물 주다

네가 그리 애원한다고
나, 쉽게 무너지지 않아
짐짓 모르는 척 뒷짐 지고 있지

표면이 갈라지고 타들어 가는 잎새
드러누워 유혹해도 시끄럽고 지저분한 숨소리
한 귀로 듣고 흘려

풀죽은 목소리에 밀려
네 속으로 몸 밀어 넣는다면
펄펄한 바람 속 견디지도 못하고
자그마한 흔들림에도 삐걱거리며
조금씩 내려앉는다는 걸 알고 있기 때문이지

극도에 달한 몸
가쁜 숨 몰아쉬며 힘겹게 살 부비는 그 때
비로소 내가 물을 퍼붓지, 흠뻑
한번을 줘도 화끈하게 거침없이

자지러지며 몸 출렁,
후끈하게 전율하며 숨 고를 때
비로소 멈추는 거야
그래야 뿌리 잘 뻗어 꽃 활짝 피지

박주영 _ 1995년 《심상》으로 등단. 시집으로 『문득, 그가 없다』 등.

박진하

은휘隱諱에 잠긴 뜻 알려하나

얼바람에 실비 잔지랑 꽃부리
밤 지샌 비이슬 수양 늘어진 연방죽
연잎에 곱송그려 초조론 방울꽃 동동
먹빛구름 백만이랑 너울져 간드러지면
화간접무 섯돌다 꽃 지어 나울나울 꽃잎강
구름바다 첩첩바람 수이 넘던 때 가뭇없이
가물진 거침새에 차고 넘침이 어느 때던가
근근한 새움도 파리하니 낮꽃 속잎
때 좇아 물빌이굿 거줏 많아 어섯눈
고만(高慢)한 맹문이들 얌치 빠진 사드래공론
어린 백성 바작바작 마음 언저리 매조짐에도
은휘에 잠긴 뜻 알려하나 질풍경초도 전수이
만장홍진(萬丈紅塵)에 인심 나도 채울 수 없고
똥도도롬 가물어 돌 치니 알땀 맺힌다

땅아, 보우심이여 보름치 물주머니 터지어 조옥조옥
활찐히 마안한 논벌 물알 들고 비단물 실개천으로……

* 물빌이굿 : 기우제

박진하 _ 2022년 《사이펀》으로 등단. 2024년 《문학청춘》 신인상 수상.

시간의 그늘

씽크대 수도꼭지가
힘주어 아랫도리를 짜내고 있다
시도 때도 없이 방광을 열어놓는다

저 부끄러움, 멈출 수 없다
단단히 열려 있다

정신을 놓아버린 뚝뚝 떨어지는 목쉰 함성들
공명의 날들이 데굴데굴 구르며
내 하수관에서 요동치고 있다

채 발라내지 못한 말들
목울대에 걸려 자꾸 고꾸라지고 있다
오래 몸 안에서 삭혀낸 씨앗들
제 중심을 흔들어대고 있는 것이다.
잘난 것들 콸콸 쏟아 내던
제 방광을 부끄러워하고 있는 것이다

녹슨 말들
바글바글 바닥을 기어다니고 있다

박해림

박해림 _ 1996년 《시와시학》으로 등단. 2001년 서울신문 부산일보 신춘문예 시조 당선. 시집으로 「고요, 혹은 떨림」「눈 녹는 마른 숲에」「저물 무렵의 시」「슬픔의 버릇」「못의 시학」「그대 빈집이었으면 좋겠네」「골목 단상」 외 다수.

배
세
복

물수제비

돌아누운 그 사람 등에
물수제비 뜨고 싶다
바람에 몸 다독이고
비 오는 여울목 구르고 굴러
둥글납작한 수제비 되고 싶다
어쩌면 갑작스런 돌진에
여러 번 나를
마음 밖으로 튕겨낸다 해도
결국 당신의 중력 안에 떨어져
별똥별처럼 타 버리고 말 것이다
어떤 밤엔 차라리 풍덩 돌팔매로
커다란 파문 일으킬 생각,
그때마다 납작히 돌을 갈아
물보다 더 가벼워진다면
힘껏 띄우는 물수제비
그대에게 닿을 수 있을 것이다

배세복 _ 2014년 광주일보 신춘문예로 등단. 시집으로 『몬드리안의 담요』 『목화밭 목화밭』 『두고 온 아이』가 있음. 제1회 선경작가상 수상.

물은 목마르다

숨과 눈빛과 말과 웃음이
되지 못하는

가재, 반딧불이, 아이들이랑
흐르지 못하는

알을 낳고 까고 날고 노래하기를
하지 못하는

싹트고 꽃 피고 열매 맺기를
하지 못하는

물, 물, 물, 물,
물은 목마르다.

백우선 _ 1981년 〈현대시학〉으로 등단. 시집 『훈훈』 외 다수.

백
혜
자

강 씨가 죽나보다

강 씨는 심장이 멈출 듯
숨이 가쁘다
버드나무 거꾸로 흔들리고
낮 빛이 파래졌다
물에 발을 담그고 고기잡이 골몰하던
왜가리 보이지 않고
물 주름만 떨리고 있다
이상한 냄새 풍기며
으스스 바람이 불어오고
강 씨의 새끼들도 벌렁 자빠져
흰 배를 들어내고 떠내려온다
공지천 상류 어디선가
누가 독극물을 몰래 풀었나 보다
누가 강 씨를 죽이나
범인을 잡아라
강씨를 살려라
바람이 아우성치며 달린다

백혜자 _ 1996년 《문학세계》 등단. 시집으로 〈초록빛 해탈〉 〈나는 이 순간에 내가 좋다〉 〈저렇게 간드러지게〉 〈구름에게 가는 중〉 〈귀를 두고 오다〉 〈민들레 틈새에 앉아서〉 〈쇠비름의 집〉 등이 있음. 강원여성문학상 대상 수상.

한 방울의 물이라도

보
우

어릴 적 초가집 처마 아래
빗방울이 하염없이 작은 웅덩이 만들고
낮은 곳으로 흐르는 것을 바라보았지
대지에 부딪치며 튀는 물방울 하나하나
소년은 동심을 그리고 있었다
몸속에도 개울과 강이 되어
생명의 물로 붉은 피가 흐르고 있지
맑은 날 하천에 여름날의 물장구치며
놀던 때가 어제 같은데 장년으로 자란
그 소년은 언제부터인가
페트병에 생수란 이름으로 현대적
봉이 김선달이 되어있는 시대를 마주하고
산업화의 역경 속 이 땅에도
물 부족이 불러온 현실 하천과 강물은
오염되어 정수를 하는 세월
지하수 뽑아 올린 생수란 이름으로
손에 손에 들고 있다 이것은 모든
지구상의 생명체와 연결되어 있으며
인류에게 인간적인 연결고리가 되어
어디에도 흐르고 있을 물 물 물
지구는 불타고 생명수는 고갈되어 간다

보 우 _ 1992년 《시세계》로 등단. 시집으로 『화살이 꽃이 되어』 외 4권. 漢詩集 2권. 장편소설집 『영혼의 바람』
이 있음. 실상문학 대상, 부산시협 우수상, 부산시장 사회봉사상 등. 부산문인협회 회원, 부산시인협회 이사, 부
산불교문인협회 자문위원.

서범석	서봉교	서순우
서유경	서정임	서화성
성영희	소재호	손석호
손영미	송경애	송병숙
송병옥	송상희	송창현
신명옥	신미균	신원철
신은립	신정순	신진련
심상숙		

자세

서
범
석

아등바등 올라가려고 한 번도
욕심낸 적 없다

허락된다면 언제든지
내려가겠다는 하냥다짐인가

물방울들 모이고 모여 강으로
천리만리 흘러가도 올라가지는 않는

바다에 모여 큰 사랑으로 일렁여도
깊게 아래로만 다지는 마음

깊은 마음 읽은 하늘이 해님을 부려
수증기로 끌어올린다 해도

물은 기어이 땅을 향해
다시 기꺼이 아래로 쏟아진다

서범석 _ 1987년 《시와의식》(평론), 1995년 《시와시학》(시) 등단. 시집으로 「난센스의 지각」, 「놀부 놀이」, 「짐작되는 평촌역」, 「하느님의 카메라」, 「종이 없는 벽지」, 「휩풀」, 「풍경화 다섯」 등. 현재 대진대학교 명예교수

강물이 물때를 벗는 이유

농촌에서 오래 살아 본 사람은 안다

강물도 또 다른 계절을 맞이하려면
길게는 열흘 짧게는 일주일간
물때를 벗는다는 것을

그때는 아무리 지저분한 강물일지라도
물밑이 명경처럼 아주 맑아지고
민물고기들도 물가로 마실을 가는 예의를 보인다

그렇게 그 시간이 지나고 강물 바닥이 누렇게 변하고 나서야
내년 이맘때까지 버틸 수 있는 힘을 얻는 것이다

사람도 그럴 때가 있다
한 생을 살 준비를 하고
몸을 정갈하게 갖추고 난 후에야

철이 들었다 혹은 인생을 안다고
그때서야 사람들이 이야기하는 것이다

서봉교 _ 2006년 《조선문학》으로 등단. 시집으로 「계모 같은 마누라」「침을 허락하다」「강물이 물때를 벗는이유」가 있음. 원주문학상 수상. 원주문협 부지부장. 《요선문학》 발행인.

소금시
물

서
순
우

밀물도 때로는 이별이었다

그 슬픔보다
내 슬픔 더하다는 것은 착각이었다

어느 한순간 밀물에 휩싸인
그 이별에 섞인 파도 같은 눈물

이별은 그리도 쉬운 듯 하나
남아 있는 호흡은
그립다 그립다 했다

그 이별 부정하는 것처럼
여전히 물 흐르고 꽃 피고

그동안
그 슬픔보다 내 슬픔 더 큰 듯한
그들 웃음 내 울음 되고
그들 울음 내 울음 된다는 것은 착각이었다

그렇게
밀물도 때로는 이별이었다

서순우 _ 2002년 《문학과세상》으로 등단. 시집으로 『엄마』 『기별』 『사랑이었으면 더 좋겠네』 『벌거벗은 나무의 노래』가 있음. 삼척문학상 수상. 한국문인협회, 강원문인협회, 관동문학회, 삼척문인협회, 두타문학회 회원.

강

소금시
물

서
유
경

가에 앉아 중심을 본다
파도치지 않는 마음을
일렁이지 않는 깊이를
고요하나 고여 있지 않고
보이지 않게 계속 흐르는 습성

강가에 앉아 강을 바라보며
너를 생각하다 강이 아닌 것들에 대해 생각한다

날아가는 새의 깃털 하나
누군가의 영혼인 듯 떨어져도 모르는 척
여러 생명을 품고 있어도 버겁다 내색하지 않는

강물 속에 있는 것들이
강을 강이라고 부를 수 있게 하는지
네가 있어서 그들이 그들일 수 있는 것인지
나뭇가지 주워 동그라미 그리며 강,
이라고 쓴다

서유경 _ 2018년 《어린이와 문학》에 동시를 발표하며 작품 활동 시작. 2021년 《시와 소금》 동시 부문 신인상 수상.

얼음의 방정식

떠나기 전 붙잡았으면 좋았을걸,

머리가 떨어져 나간 몸통만 남은 눈사람을 붙잡고 있는 강이 꽁꽁
얼어붙어 있다

물과 물이라는 한 유전자를 가진 자들은 더는 가까워질 수 없어 때
로 멀어지기도 하는데

시간이 지날수록 허상만 남아있는 눈사람을 놓지 못하는 강의 낯빛
이 하얘진다

쉽게 풀리지 않는 마음을 풀어야 할
저 극과 극의 방정식

강가에는 한 몸에서 자라 제각기 뻗어나간 가지들을 껴안고 있는 벚
나무가
한 잎 입 없는 입으로 바라보며 서 있고

저 멀리 마주 오던 말티즈 두 마리가 서로를 향해 날카롭게 짖는다

서정임 _ 2006년 《문학·선》으로 등단. 시집으로 「도너츠가 구워지는 오후」 「아몬드를 먹는 고양이」가 있음.

진달래

서
화
성

홍수라며 tv에서 물이 쏟아졌다
갑자기 물이 고이기 시작한 집
소파가 물들고 침대가 물들고 책상이 물들고 물들어서
무릎에서 허리에서 서서히 하이에나처럼 물이 차고 올라왔다
벌건 대낮에 무슨 난리라며 가진 것 없이 몸만 들고 나온다
분명 여름은 아니었는데 바닥을 넘고 벽을 넘고 언덕을 넘고 넘어서
성난 얼굴을 한 채 안방을 채우고 옥상으로 올라간다
순식간에 물에 잠겨버린 집
물이 이렇게 빨리 자랄 수 있을까
자라는 속도를 알 수 없는 물, 물, 물……

사람들은 갈 길을 잃어 둥둥 떠다닌다
집 뚜껑을 들고 있는 사람
숟가락을 물고 있는 사람, 사람, 사람……
물빛으로 물들어 버린 진달래
백 년 만에 돌아온다고 오오, 진달래가 활짝 피었다며
사라진 발들이 두둥실
주소가 없어진 진달래길 67번지, 우리 동네 꽃동네
물속에서 허둥지둥, 횡설수설
이번 태풍의 이름은 만개한 진달래였다

서화성 _ 2001년 《시와사상》으로 등단. 시집으로 『아버지를 닮았다』 『언제나 타인처럼』 『당신은 지니라고 부른다』 『사랑이 가끔 나를 애인이라고 부른다』 『내 슬픔을 어디에 두고 내렸을까』 『미인』이 있음. 요산창작기금 수혜. 현재 부산작가회의 회원.

물의 끝

성
영
희

물의 끝에서 시간은 시작 된다
세상의 물줄기 그 끝에 매달려 있는 동굴의 시간
한 방울 물이 빚어낸 무수한 파편들 뭉쳐 있다
지금까지의 무한 초침이
캄캄한 동굴 안을 순(筍)의 왕국으로 만들고 있다
제 몸을 끊고 울리는 몰입으로
또 하나의 뼈을 만드는 완고한 단절
저 단파(短波)의 소리들이
웅숭깊은 받침 하나를 만들고 있다
좌대를 만들고 그 좌대 위에서 물이 자란다
끊어지고 부서지는 소리들이 키운
단단한 기둥,
물의 미라가 동굴에 순장되어 있다

뾰족한 짐승의 울음소리가
동그란 파장으로 번지는 동굴 안
한 줄기 빛이 물방울에 걸렸다
물의 끝에서 시간이 다 빠져 버리면
세상은 잔물결 하나 없는 대양이 될까

시간이 물로 돌아가는 회귀의 방울들
일 센티 종유석에 천 년이 살고 있다

성영희 _ 2017년 경인일보, 대전일보 신춘문예 시 당선. 시집으로 『섬, 생을 물질하다』 『귀로 산다』 『물의 끝에 매달린 시간』이 있음. 인천문학상, 김우종문학상, 농어촌문학상, 동서문학상 등 수상.

물의 무게

소
재
호

태초에
가벼운 것은 하늘로 뜨고
무거운 것은 땅으로 가라앉는다 했는데
물도 아랫세상에 깊이 내려앉았다가 훗날
자꾸 하늘로 솟구치는 건 무슨 조화일까

구름으로 뜨고
안개로 피어 흩어졌다가 스멀스멀 없어지네

강릉 오봉 저수지도 텅텅 비네
하늘과 땅도 공(空)으로 묻히네

무거운 것과 가벼운 것은
서로 몇 번 터울 바뀌다가
허공이 되는 것

온 세상 처음은 공이었던 것
우리 인생도 물처럼
무거운 것일까, 가벼운 것일까
아니면
공에서 와서 공으로 가는 것일까

소재호 _ 1984년 《현대시학》으로 등단. 《한국작가》 문학평론 등단. 시집 「나비, 선율의 시」 등 7권. 평론 2000여 편. 성호문학상, 중산문학상, 목정문화상, 한국문학상, 대한민국예술문화 대상 등. 전주 완산고 교장, 전북문협회장, 석정문학관장, 전북예총 회장 등 역임.

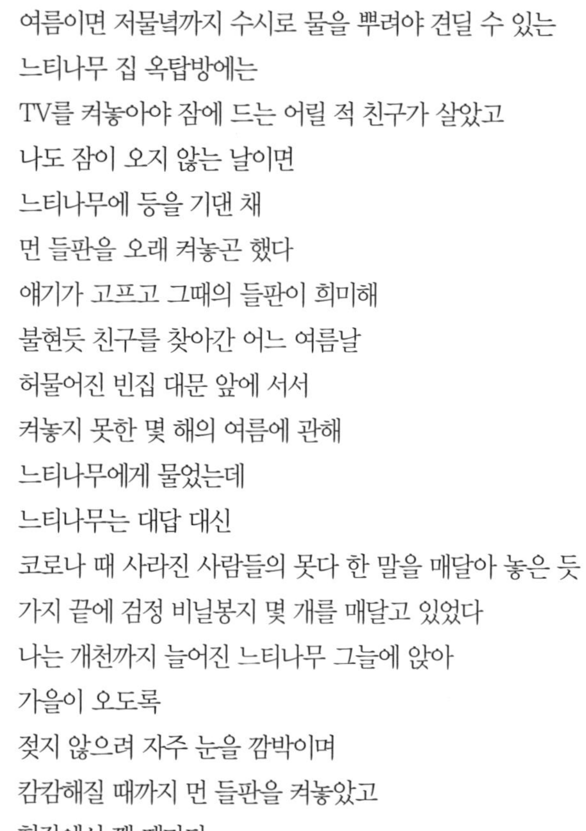

물

여름이면 저물녘까지 수시로 물을 뿌려야 견딜 수 있는
느티나무 집 옥탑방에는
TV를 켜놓아야 잠에 드는 어릴 적 친구가 살았고
나도 잠이 오지 않는 날이면
느티나무에 등을 기댄 채
먼 들판을 오래 켜놓곤 했다
얘기가 고프고 그때의 들판이 희미해
불현듯 친구를 찾아간 어느 여름날
허물어진 빈집 대문 앞에 서서
켜놓지 못한 몇 해의 여름에 관해
느티나무에게 물었는데
느티나무는 대답 대신
코로나 때 사라진 사람들의 못다 한 말을 매달아 놓은 듯
가지 끝에 검정 비닐봉지 몇 개를 매달고 있었다
나는 개천까지 늘어진 느티나무 그늘에 앉아
가을이 오도록
젖지 않으려 자주 눈을 깜박이며
캄캄해질 때까지 먼 들판을 켜놓았고
헛잠에서 깰 때마다
나뭇가지가 냇물 쪽으로 휜 이유를 생각하다가
그냥 목이 마른 까닭이겠지, 라고 중얼거렸다.

손석호 _ 2016년 《미래에셋》, 《주변인과문학》으로 등단. 시집으로 『나는 불타고 있다』『밥이 나를 먹는다 _ ebook』가 있음. 공단문학상, 등대문학상, 무등문학상 작품상 수상.

물 벽

꽃으로 짠 카펫을 깔아준다는 말
비가 별로 떨어지는 집에서 살자는 말
믿었어요
꽃 대신 모래가 날리고, 가시 카펫이 깔리고
안개 자욱이 피는 날이면
후두둑, 별 대신 한숨이 떨어졌어요
마음에 화상을 입고 잠들었어도 뒷날은
들국처럼 웃었지요
우리 사이에 두터운 물 벽이 흐르고 있었거든요
물 벽 사이로 별이 뜨고 졌어요
물 벽 밑바닥엔
껍질 긁힌 소라, 우그러진 해파리,
데인 궁둥이를 쳐들고 있는 혹등고래
철 수세미 같은 오징어가 살아요
소금 알갱이들이 집을 지어 줬어요
짓무른 혹등고래 울음소리, 굶주린
바다표범이 소금 집을 핥아요
첨벙, 유영하는 오늘
소금 집 친구들 안부를 살펴봐야겠어요

손영미 _ 2025년 《시와소금》으로 등단. 용인문학회 회원.

물水의 마임

송경애

흐르는 물
단 한 번의 거역
순간 공중분해 하는 물방울들
목숨 던져 하얗게 부서지는 물안개
물, 저 하얀 뼈들의 눈물
속지 마라, 속지 마라
네 모든 것을 녹여 쓸어버릴
저 흐르는 것에

되돌아가 다시 그 강가에 서면
나의 오늘은 어떤 언덕일까
나의 어제는 어떤 들녘이었을까
나의 내일은 어떤 숲일까

속지 마라, 속지 마라
네 모든 것을 녹여 버릴
네 모든 것을 쓸어버릴
저 흐르는 것
눈물에……

물, 눈물을 흘려 암컷을 얻는 쥐들이 사는 세상

송경애 _ 2003년 《문학예술》로 등단. 시집으로 「세상에서 가장 아름다운 말」 「바람의 암호」 「계보의 강, 그 얼음 성 」이 있음. 춘천여성문인회, 강원여성문인회 회장 역임. 한국시인협회, 한국여성시인협회, 가톨릭문인협회 회원. 춘천청춘합창단 지휘.

폭포 앞에서 —구멍 2

송연묵 한 방울 유리병에 떨궜다
오래 묵은 향나무처럼 심지가 생겼다
몸을 태워 만든 노송의 그을음이
물의 손을 뿌리치고 캄캄하게 곤두선다
석양이 붉은 몸뚱이를 폭포 위에 내던지는 순간
한 줄기 심지가 물의 살을 헤집고 가라앉는다
불을 껐던 폭포도 풍등처럼 달아오른다

타고 남은 뼈가 걸어가는 길
매화가 피고 절벽이 열리고
줄기줄기 쏟아지는 폭포는
새가 되어 푸드득 푸드득 날개를 편다
무지개로 흩어지는 물방울 깃털들
웅덩이가 팔을 벌려 부러진 뼈를 받아내는 동안
물의 몸도 퍼렇게 물들어간다

심지를 지키고 산다는 말
먹물 같은 밤을 품었다는 말
물의 가슴을 들치면
뼈와 살을 까맣게 물들였다가 다시 하얗게 몸 일으키는
꼿꼿한 물의 정신이 보인다

송병숙

송병숙 _ 1982년 《현대문학》으로 등단. 시집 『문턱』『'를'이 비처럼 내려 』『뿔이 나를 뒤적일 때 』『모 씨와 모 씨에게』와 시산문집『胎, 춘천 그 너머』가 있음. 강원여성문학상 대상 수상. 춘천문학상 수상.

소금시
물

송병옥

물길

그 물은
낮은 곳에서 높은 곳으로
아래에서 위로 흐른다

전봇대 꼭대기를 넘보던 칡덩굴
물길이 댕강 잘렸다
느닷없이 남이 된 위아래
물은 어디로 보내야 하나
밑동은 가랑잎을 아프게 올려다본다

도무지 불편한 관계를 잘랐다
물 흐르듯 하던 소통의 차단
생각의 이파리들이 물기를 날리고
등을 돌린 채
침묵이 뿌리를 벋는다

어찌 되었든 물을 긷고 있을
보이지 않게 깊은 뿌리들
새순 올릴 틈을 살펴 다시 이을 길
덩굴은 위로 달리고
마음은 주름을 펼 것이다

송병옥 _ 2019년 〈시와소금〉으로 등단. 시집 『보조개 사과』 외. 수필집『다섯 번째 계절에 피는 꽃』이 있음. 인천문화재단 창작지원금 수혜.

달큰 눈물

네가 떠난 후 흘린 눈물 겨우 세 스푼
스스로도 섭섭했던 용량에
태연히 잘도 살아지는 일상에
그리 냉정한 사람인가 자책했는데

일 년 여 만에 터져버린 눈물샘
힘없는 미소 마지막으로 보았던
그곳에서 주저앉아 울고 말았다

알사탕 하나에 함박 웃던 기억이
볼을 타고 입가로 넘쳐나는 눈물이 달큰해

아우야,
꿈속에 서성이던 발걸음
이젠 그만 마음 풀고 가려무나

비로소 너를 놓아 보낸다

소금시
물

송상희

송상희 _ 2025년 《시와소금》으로 등단

송
창
현

염도 0.9% 침묵

엄마의 울음을 닮은 물이 있다
찬 기저귀를 적시던 작은 우물
팔뚝에 덜컥, 심장이 내려앉는다

몸속 어딘가 바다는 아직 살아 있고
밤보다 먼저 눈물을 넌 빨랫줄 속
소금보다 늦게 썩는 사랑이 있다

핏핏 도는 물,
멍처럼 번지는 혈연 그림자
울지 못한 말들이 스스로 웅크린다

물 한 방울, 남겨진 말
흐름을 잃은 줄기
끝끝내 스러진 심장 물결이다

피가 그을린 말들
침묵의 고동이 찢어놓는다
바스락, 기억하는 모든 온도들
0.9% 염도가 말라붙은 견딤을 밀어낸다

송창현 _ 2021년 《리토피아》로 등단. 시집 『와락, 능소화』 『쇠똥구리 씨에게 말해야지』가 있음.

물의 여행

모자 위에, 단추 솔기에, 콧등에

달라붙는 얼음 알갱이

알고 보면 물의 변신일 뿐인데

하늘 향해 팔 흔들며 뱅그르 도는 사람들

굳은살 박인 건물 빠져나와

프림 뿌린 세상으로 달려간다

수많은 얼굴을 가진 둔갑술의 명수

저 H2O의 화신이 내게도 왔었다

희고 부드러운 수동형의 모습으로

결코 변치 않을 연유 같은 눈빛으로

주위의 어둠 녹여버리자

세상은 칙칙한 벽지를 바꾸며 설탕 같은 표정을 짓는다

가지마다 풍성해진 어깨를 으쓱대고

벤치에 흰 방석 내어놓고

높아지는 카펫 디디며 인사한다

눈발 굵어지는 동안 더욱 두터워졌으나

눈 떠보면 흔적 없이 사라졌다

본래 물이었다가 물로 돌아갔으니

꿈꾸었음을 감사할 뿐

수도꼭지 틀면 언제나 흐르는 물이

잠시 화장을 했으니, 물은 도처에 있으니

신명옥 _ 2006년 《현대시》로 등단. 시집으로 『해저 스크린』(세종우수도서) 있음.

신
명
옥

소금시
물

신미균

고드름

꼼 짝 맛
엎 드 렷
쳐다 보지 맛
숨도 쉬지 맛
움직이면 찌른 닷

헤헤
놀라지 마
사실은 나
물이야
맹물

신미균 _ 1996년 《현대시》로 등단. 시집으로 『맨홀과 토마토케첩』 『웃는 나무』 『웃기는 짬뽕』 『길다란 목을 가진 저녁』이 있음.

한탄강에서

절벽 아래 누런 강물, 촉나라 길처럼
잔도를 놓아 강을 밟으며 걷는 느낌
사람들 많이도 몰려나왔네
절경은 시가 되지 않는다고 사진만 찍는 시인들
하지만 잘 봐
둑 대신 절벽이 솟구치고 곳곳에 기묘한 바위
성질로 치면 고약하지?
궁예가 여기 터를 잡은 것은
널찍한 철원 평야보다 울퉁불퉁 쿵쾅대며 흐르는 물이
제 성질머리에 딱 맞았기 때문 아닐까

이거 시가 될 것 같은데?

신원철 _ 2003년 《미네르바》로 등단. 시집으로 『세상을 사랑하는 법』 『동양하숙』 『닥터 존슨』 외.

신
은
립

물

햇살처럼 반짝이다가
터널처럼 컴컴하더니
덜컹덜컹
강물 따라가는 기차

어느 곳은 비가 많이 와 둑이 무너지고
어느 곳은 비가 안 와 비상사태

모래바람 부는 곳
어린 코끼리는 숨을 거두고

있을 때 잘해
한국도 물부족국가야

윤슬 반짝이는 강물을 아이들이 못 볼 수도 있어

신은립 _ 경남 밀양 출생. 시집으로 『비켜서는 돌』 외 3권이 있음. 한국작가회의 회원.

물의 기억

잃어버렸다
강물에 휩쓸려 간 미처 잡지도 못한 옷
발이 푹 빠진 내가 한참을 서 있었다
집은 너무 멀리 있었다
해 지는 쪽으로 어둠이 내린 것들이 일어서고 있었다
발을 빼 게걸음으로 걸었다
집에 들어서니 집이 환하다
잃어버린 옷
아직, 돌아오지 않고

장마 지난 여름 끝
아이들이 골목길에서 숨바꼭질을 한다
골목마다 빗물이 흐르고
웅덩이 물에 빠진 동생, 차가 지나 ㄱ ㅏ ㅆ 다
아줌마 아줌마! 온 동네 폭풍우가 몰아치고
널브러진 바가지 쏟아진 쌀 마당에 눈처럼 뒹굴고

아직, 아물지 않는 물비늘 껍질이 단단하다

신정순

신정순 _ 2022년 《심상》으로 등단. 한국가톨릭문인협회, 심상회 회원.

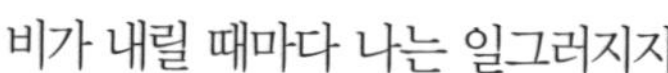

신진련

물의 문장

비가 내릴 때마다 나는 일그러지지

웅덩이를 밟은 발이 먹물처럼 번지는 걸 보기도 하지

윗입술이 지워지고 있었는데
누구도 말해주지 않았는데

나를 보며 입술 없는 네가 웃네

다리가 젖었는데 눈동자는 왜 자꾸 기울어질까

읽을 수 없는 표정은 그저 얼룩이지

몸 어디에도 물 지나간 자국을 새기지 못했으니

우리의 대화는 아직 형체가 없는 몸짓일 뿐

입 없는 얼굴들이 폭우로 쏟아지고

너를 조금 채웠던 나는

다시 빈 페이지로 흐려지고

신진련 _ 2017년 《시와소금》으로 등단. 시집으로 『오늘을 경매하다』가 있음. 대산문화재단 창작 기금 수혜.

믈[勿]

손바닥 작은 구름 어느새 우레 치는 지난밤
큰 빗소리
천지에 풍성한 감응이 이네

가물이 그쳤나이다*

가시버시, 밤하늘에 고인별 무리
온새미로 흐르는 여우별을 좇았지
보드레한 달빛이 그루잠 드는 사이
어머니는 다솜,
그루팥 밭이랑에 늦도록 발 적시다 돌아오셨지

지나던 누더기 상거지 불러들여 씻게 하고
비단옷 입혀 진수성찬 대접하는 자애,
어머니는 그런 그와 마주 앉아 정담을 나누기도 했으니
낮은 돌담 너머 미덕으로 보였으리

가람 가에 밤 깊어 서리별 흐르는데
믈[勿]이 물이 되어가는 동안
오백 년이 흘러와 당신 눈가에 고이지

* 용비어천가 '샘이 깊은 물은 가물에 아니 그칠세 내가 되어 바다에 이르네'에서 차용

심상숙

심상숙 _ 2014년 《시와소금》으로 등단. 2024년 《문학광장》으로 동화 등단. 시집 『겨울밤미스터리』『슬픔이 세상에서 하는 일』『흰 이마가 단단하구나』가 있음.

한산모시, 재배에서 완성까지 - 2018년 아르코문학상 수상 작품집!

이 시집의 모시는 단순한 모시가 아니라 어머니, 고향, 나아가 민족을 함의하고 있습니다. 이런 의미에서 모시는 이 시집의 소재이면서 동시에 은유와 상징의 등가물이 된다고 생각합니다. 이 시집을 읽으면서 공감하고 감동하는 이유는 이런 깊은 함의와 더불어 땀이 배인 시인의 노고가 가슴에 와 닿기 때문이라고 생각합니다.

– **허영자**(시인 · 성신여대 명예교수)

그의 현장감 있는 묘사력은 모시를 째고, 삼고, 날고, 매고, 짜는 전 과정을 통해 모시를 제직하는 여인네들의 삶의 애환을 실감나게 담아내었다. 아울러 시인의 유년 회상과 누이에 대한 추억은 모시하는 여인네들 전체로 확대되어 전통 서정의 보편화를 실현하였다. 이 시집으로 모시의 시인 구재기는 우리 전통 미학의 한 축을 심화시키는 독자적 영역을 구축해 놓았다 하겠다.

– **조창환**(시인 · 아주대 명예교수)

㉠-1

안명옥　　안용산　　안원찬

양소은　　엄세원　　오세화

윤난희　　윤영기　　윤준경

윤형근　　은이정　　이강하

이경옥　　이기철　　이　명

이명희　　이명희　　이복현

이사라　　이사철

물의 문을 열면

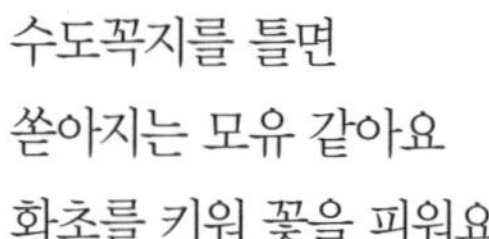

수도꼭지를 틀면
쏟아지는 모유 같아요
화초를 키워 꽃을 피워요

울음도 꽃이 된다면
투명한 맑은 얼굴로 나는 쏟아지고 싶어요
지구의 아름다운 흉터 마링하 협곡의 폭포수처럼
누군가 나를 휘젓더라도 누군가 나를 더럽히더라도
낮은 데로 스미는 나는 상관하지 않아요
고비의 별빛폭포처럼 모래 폭포처럼
나는 충분히 쏟아지고 싶어요

나사를 풀 듯 몸을 풀 듯
열 달 동안 잠가 두었던 몸을 틀어
두 아이를 낳기도 하였죠
잠가야 될 건 잠가야 하고 틀어야 될 건 틀어야 하는데
평생을 쏟아내도 고이는 물의 감정들

지금 누군가 나를 틀고 있네요
흘러내리며 새로운 길을 열어
나는 쏟아지고 있어요

안명옥 _ 2002년 《시와시학》으로 등단. 시집으로 『칼』 『뜨거운 자작나무숲』 『달콤한 호흡과 서사시집으로 『소서노김西奴』 등이 있음. 성균문학상, 바움문학상 작품상, 김구용문학상 등 수상.

네가 바로 여울이다

금강
여울을 찾는다

산과 산 사이 폭이 좁아 물살이 세차게 흐르는 곳이
여울이라고 흔히 그렇게 말한다
아니다
드러나지 않고 속으로 숨은 돌들이 물과 부딪쳐 서로
물살이 되어 물고기를 부르고 사람을 부르는
탯자리였다
부딪치면 부딪칠수록 더욱
서로를 살리는 세상

네가 바로
여울이다

안
용
산

안용산 _ 1956년 출생하여 1986년「좌도시」와 1994년「실천문학」을 통하여 작품 활동. 시집으로 「너를 본 듯 바람이 분다」 외 7권. 풀꽃문학상, 한남문인상, 충남문학상을 수상.

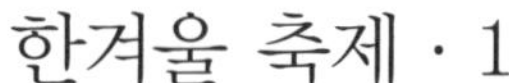

한겨울 축제 · 1

죽임의 축제다
수십만 마리 송어가 재미를 위해 희생되는,
만석이다

파닥거리는 가짜 총알오징어* 미끼로
손쉽게 돈 벌어주는 얼음구멍

혹한 불러 부동으로 눕혀놓고
구름들 불러 모으고 해 달 별들 불러 내린,

그 속 풍경 어떨까
수일 동안 배고프지 않았다는 무표정
덤프트럭으로 자갈 부리듯 쏟아부은,

재미로 하는 살상, 재미로 하는 가두리 학살

고통이라는 윤리적 살생의 축제다
얼음판 위에서 호흡곤란 겪다 들숨 마비, 그날로
화장되는,
검은 꽃이다

* 새끼 오징어의 이명

안원찬 _ 2004년 시집 『지금 그곳은 정전이 아니다』로 작품 활동 시작. 2006년 〈오늘의문학〉 신인작품상 수상. 시집으로 『낮술은 너무 슬퍼서』 외 다수. 강원PEN문학상 외 다수 수상.

여름 저녁

소금시
물

양소은

　오 리쯤 걸었을까 두부의 질감으로 부푸는 바다가 다가온다 폐가가 된 남도 식당을 끼고 걷는다 제 안의 고요 쪽으로 기울어지는 몇 개의 의자와 식탁, 이정표가 도로의 뼈처럼 휘어져 있다 간간이 먹빛으로 꿈틀거리는 사람들, 수평선으로 빈집 화단의 꽃나무가 말라간다 통발 아래 발을 감추고 있는 것들이 파도의 말을 한다

　잠시 눈 감고, 해변의 안쪽 길로 접어들자 발걸음 소리에 깨꿏이 하얗다 흑백의 시간들, 자리를 옮겨 가는 눈길이 거미줄처럼 번지는 대문 앞, 걸음 속으로 들어가면 잠결에서도 걷다 만 어둠이 짙다 개 짖는 소리에 담장으로 걸린 바다는 넘치는 비명이다 땅끝에서 가장 먼 길을 접었다 폈다 나를 서성거리는 한 사람

　겹겹의 링거줄이 그물을 던지고 있다 구름의 표정을 걷는 저녁 끝에서

양소은 _ 2013년 《시와소금》으로 등단. 시집으로 『노랑부리물떼새가 지구 밖으로 난다』 등. 포에트리 문학상 수상.

소금시
물

엄
세
원

물의 금고

봄을 훔치지 말라고 겨우내 잠긴 소양댐

구름 품어 코발트 빛을 지키는 일은
폭우가 삼켜도 소양호 표지석은
태양의 다이얼 돌려 다시 빛을 세운다

물의 행복은 가득 찬 수위가 아니라
적막한 바닥에서 피는 숨결, 무거운 책임은
수력보다 감정의 높이를 견뎌내고

산 그림자 비친 수면 속
버들치 은빛 비늘이 밤의 문을 열어
빛나는 숨결을 새긴다

물결을 거슬러 오르면 옛 마을이 떠오르고
애환의 순서대로 맞춰져야 열리는
저 깊은 슬픔의 자물쇠

관대리, 내평리 그 언저리 이름마다
숫자판이 되어 물길로 흘러가는데

댐은 시간 잠근 채 보석을 품으리라

엄세원 _ 2021년 전북도민일보 신춘문예 시 당선. 시집으로 『숨, 들고나는 내력』『우린, 어디에서 핼리 혜성을 볼까』가 있음. 2022 아르코 문학나눔 도서 선정. 사임당 문학상, 이중이문학상 수상.

물의 증발

물은 오늘도
자신을 비워 세상을 닦는다

소금기 어린 말들을
하얗게 걸러내고
눈물의 입김을
빛으로 바꾸는 일에 익숙하다

유리창 너머
말라버린 마음 위에
증기처럼 눕는다

사람들은 몰라본다
투명한 일이 얼마나 뜨거운지

끓는 시간마다
물은 증명한다
사라지는 방식으로 남는 법을

오
세
화

오세화 _ 2005년 《문예사조》로 등단. 시집으로 『바다의 손자국』이 있음. 현재 한국문인협회, 강원문인협회 회원 동해문인협회 사무국장.

윤
난
희

물 통장

어느 날부터인가
물을 마시는 대신
마음을 조금씩 붓기 시작했다

빗물이 고인 날은
기억이 이자를 쳤고
눈물이 새던 밤엔
잔고가 마이너스로 내려갔다.

습기 찬 하루마다 묻지도 않고 찍히던
그날그날의 입금 내역
말 한 모금, 숨 한 줄기
아주 작은 미소 하나

누군가는 텅 빈 통장이라 했지만
말 없는 것들이 오래 남는 법이다

언젠가 햇살 한 잔 인출 할 수 있을까
그날까지
조용히, 물처럼 적립해 본다.

윤난희 _ 2025년 《시와소금》으로 등단. 오산문인협회 회원.

떠돌이 물

혼돈 속에서 태어나 우주를 떠돌다
언제부턴가 푸른 별에 살게 되었다
노아의 홍수 때는 이스라엘 하늘 무지개로 떠 있었고
파리의 안개가 되어 시인의 시집에도 나와 보았다
러시아에서는 언 몸에 불세례를 받고 철조망 위로
높이 오르다가 북극광을 보기도 했고
조선의 밤눈 되어 어둔 하늘 떠돌다가 인적 없는
소금 장수 무덤가에 앉아도 보았으며
북간도 황량한 벌판에 찢어진 깃발들 나부낄 때
이름 모를 들풀 아래 이슬로 스민 적도 있다
브라질에서는 새소리 흥겨워 흘러 흘러가다가
천 길 낭떠러지로 정신없이 떨어져
하얗게 물보라로 피어도 보았지만
소말리아 하늘 비구름 되어 억수로 쏟아져 눈 큰 아이
빈 깡통에 한 모금 물로 고였을 때는 참 슬펐다
너무 기뻤던 일은 고요한 아침 나라 8.15 광복 맞던 날
문산 성당의 십자가를 스치고는 더욱 맑아져
삼종을 알리는 종소리 타고 준호네 사진관 지나서
소문리 낡은 기와집 창호지 문틈 스미는 저녁 햇살에
티 없으신 성모님께 무릎 꿇고 기도하던 윤 회장님
주름진 눈가 한 방울 눈물로 반짝였던 일이다

윤영기

윤영기 _ 2005년 〈솟대문학〉으로 등단. 시집으로 『벚나무 모스부호』가 있음. 2014년 맑은누리 문학상 수상.

물의 상처

윤 준 경

늦은 밤 냇가를 거닐다 보면
하염없이 흐느끼는 물의 울음소리 들린다

차르륵 차르륵 제 살갗을 찢으며
낮게 엎드려 우는 소리

저 맑은 물에 누가 상처를 내었나
누가 돌을 던져 물을 울게 했나

풀잎들 선 채로 잠이 깊고
별빛 자부룩히 물 위에 떠오를 때

혼자서 냇가를 거닐다보면
내 속의 상처 하나 둘 아물어 간다

금간 가슴을 살살 쓸어주며
흘러가는 물

알 것 같다, 물이 우는 이유
누군가의 상처를 씻어주다 보면
물은 아파서 울 수밖에 없는 것이다

윤준경 _ 1994년 《교자문원》 3회 추천 완료. 시집으로 〈시와 연애의 무용론〉 등. 현재 한국시인협회, 한국가곡
작사가협회 부회장. 중앙태학교문인회 부회장. 한국가곡작사가 예술인상 도봉문학상 수상.

물의 아이

보이지 않는 창공은 새의 무덤이고
네가 꽃씨처럼 뿌려진 땅속에도
지워지지 않는 하늘이 있다

평생 심었던 솜털이 새봄을 품고
푸릇푸릇 자라는 들판
여백으로 꽉 찬 길이
뼈가 시리게 발목을 물지만
어느 하늘에도 물이 흐른다

물소리 하나 감추지 못하고
뿌리 없는 것들은 멈출 수 없어
물의 아이는 날개가 없어도
승천하고 자유자재 유영하리

윤형근 _ 1984년 《문예중앙》으로 등단. 시집 『해변 극장』 『새를 날리며』 『나는 신대륙을 발견했다』 『사냥꾼의 노래』가 있음.

은
이
정

물의 유언

감옥에선 착하게 지내요 아빠*

여기선 구리선을 훔칠 수 없어 전깃줄도 갇혔거든
맞아요 거긴 백혈병도 안 보일텐데

어디로 들어왔을까
키 작은 귀뚜라미 하나 어둠 속으로 떨어졌다

아들이 말했다
다음에는 호수로 와요

빛을 막아선 벽 뒤 마음은 정전된 선 위에 놓여

어린 유언이 찰랑대는 밤마다
창살에서 달은 갈라졌다
그래도 어김없는 아침 그림자, 호수 아래 가라앉고

물 한 잔 마시다
바닥에 쏟고는
허겁지겁 아들을 쓸어 담는다

* 백혈병으로 죽어 아빠가 있는 교도소 옆 호수에 뿌려진 9세 지아위에의 말.

은이정 _ 본명 이은정. 서울 출생. 2023년 《시와경계》 신인상으로 등단.

이물질

절제되지 않는 욕심은 더 큰 절망을 낳는다
이물질 많은 나무로

이물질 많은 나무는
무서운 속도로 지방을 쌓으며 영역에 집착한다
매일 이기적으로

울타리 밖으로 뻗어나간 뿌리는 어디까지 갈까
어디쯤에서 물을 빼고
어디쯤에서 매듭을 지을까

어린나무들이 벽을 칠 땐
환장할 노릇이다

그러니 욕심과 절망은 적당해야 한다
당당했을 때 나를 내주자

호로록, 단번에
불을 빨아들여 이물질을 태워버리자
뿌리까지 확, 뽑아버리자.

이강하 _ 2010년 《시와세계》로 등단. 시집으로 『화몽(花夢)』 『붉은 첼로』 『파랑의 파란』과 랜선시집 『햇빛지혈』
이 있음. 백교문학상, 시와세계 작품상, 울산문학 작품상, 울산문학상 수상.

소금시
물

이
경
옥

이사

　평창군 마지리엔 사계절 마르지 않는 샘물이 있었답니다. 샘가엔 물 긷는 곳과 푸성귀 씻는 곳, 빨래터가 나뉘어 있었고요. 여름엔 집집이 담가놓은 김치 단지들이 쪼로록 줄 맞춰 놓였어요. 단지 사이로 피라미 떼가 들고나고, 가재와 물방개도 얼굴을 내밀곤 했지요. 열무김치, 오이소박이 새코롬히 맞이 들면 남의 김치엔 손대지 않는 규율 있었지만 예외는 있는 법. 아이 둘 뱃속에서 놓치고 정신 줄 놓았다는 소문과 함께 마을로 흘러들어온 복순 씨, 돌아가며 찬밥 한 덩이 건네주면 그녀 손 가는 단지가 그날 반찬이 되었습니다. 그저 "갈무리나 잘해 놓거라". 당부하는 말뿐 누구 하나 탓하는 이 없었지요. 생일이나 재사 있는 집이 새벽 첫 샘물 길어 갔고요. 상여는 샘물 머리맡 넘어가면 안 됐답니다. 직접 샘 파고 마을의 중심이 된 할아버지 돌아가시고, 동네 아낙들 웃음도 하나, 둘 샘터를 떠나자 샘물이 말라버렸답니다. 가끔 고향 찾은 울 아버지, "사람이 이사 가면 물길도 이사를 가는 거여". 말씀하십니다.

이경옥 _ 2020년 《시와소금》으로 등단. 시집으로 「혼자인데 왜, 가득하지」「믿음이란 그런 거예요」가 있음. 제7회 마포 문학상 수상.

이
기
철

물

멀리 가는 물이 점차 맑아지는 것은 물이 제 몸을 버리고 다시 일으키기 때문이다. 아래로 내려가는 물은 계곡을 씻느라 제 몸이 흐려졌다가, 나뭇잎 쑥부쟁이 버러지 솜털을 실어 나르느라 검어진 뒤에도 밭일 끝낸 농사꾼의 장화 씻은 흙탕물에 한 번 붉어졌다가, 빨래 나온 아낙의 비눗물에 둥둥 뜨기도 하지만 그래도 참고 참으며 흘러내리다가, 참기 어려우면 해맑은 물소리 한 소절로 알몸을 헹구면서 끝내 걸러내고 가라앉히며 낮게 흘러 제 몸 투명해져 고요해진다. 상선약수(上善若水)라고 나보다 먼저 말한 이 있다. 그에게 두 번 절한다.

이기철 _ 1972년 《현대문학》으로 등단. 시집으로 『청산행』 『내가 만난 사람은 모두 아름다웠다』 『영원 아래서 잠시』 등 다수. 김수영문학상, 박목월문학상, 아림예술상 등 수상. 현재 〈여항예원, 시 가꾸는 마을〉 운영. 〈서정시 삼천리〉〈시 낭송회〉 지도 시인.

소금시
물

이
명

동해 바다

산중턱
능선과 능선이 가지런히 흘러내려 대야가 되고
바다는 세숫물이 되었다

반야용선처럼 배가 떠 있고
새벽마다 물은 붉게 데워지는데

언제였던가,
따뜻한 세숫물 한 대야 떠 놓고 당신을 기다린 것이

이 명 _ 2011년 불교신문 신춘문예 당선. 시집으로 『분천동 본가입납』 『앵무새 학당』 『벌레문법』 『벽암과 놀다』 『텃골에 와서』 『기사문을 아시는지』 『산중의 달』 등. 목포문학상 수상. 《문학의 창》 발행인, 〈시터〉 동인.

가장 맛있는 물

이
명
희

죽음을 건너온 물
심장이 눈을 뜬다

가랑잎처럼 마른 혀, 목으로 감기어 들어가고
고향집 밤나무 아래서 흐르는 시냇물
돌돌돌 귓속을 파고든다
저 물 한 방울
누가 손가락 끝에 찍어 혀끝을 적셔준다면

밤이었다가 또 밤
압박스타킹이 종아리를 조이고
사탄이 배와 등을 훑고 간다
간호사는 기저귀를 확인하고
소변은 줄로 받아내니 신경 쓰지 말라 한다

응급진단서에 발진한 달빛 대동맥벽이 찢기고
물을 포기해야 호흡이 사나, 깜박깜박 별을 세는데
"약물치료 판정입니다."
간호사가 물 반 컵 내민다
밤나무 아래 맑은물 다 들이켰다
이렇게 맛난 물 있었나
물 마실 힘에 새 하늘이 열린다

이명희 _ 2018년 《월간문학》 동시 등단. 2021년 《시와소금》 시 등단. 《아동문학사조》 동화 등단. 동시집으로
「노래연습 꼬끼오」 「웃는 샘물」 「환한 우리 집」 시집으로 「바람의 수첩」과 동화집 「우주 이발관」(공저) 등.

내가 떨어뜨린 눈물 한 방울의 근황

정원 분수가 쉬지 않고 도는
그런 날이면
나 아무 별일 없이 돌아갈 거야
물의 곡선을 타고 흐르다
물방울 지어 터트리면
분수가 자신의 분수를 지키는 걸 거야
뫼비우스의 띠 혹은 부메랑처럼
공중을 돌다 흩뿌려지는 부서짐 속에
말없이 온 곳으로 다시금 되돌아가고
윤슬처럼 튕기는 언어의 변주
물의 건반을 제 발로 두드리면
물살로 합쳐져 사라지는 빛의 발
빛의 살 살결 말결 비늘들
중력을 거슬러 전염되는 어떤 속도감이
분수인들 다를 바 없겠지만
눈물 한 방울은 금세 결이 다른
새 물에서 무리 없이
물결일 듯 무리 지어 노닐 거야

이명희 _ 2020년 〈열린시학〉으로 등단. 시집으로 『희고 맑은 무늬가 된 세계』가 있음.

강물의 마음

이
복
현

바람에 흔들리는 갈대를 붙들고
낮게 흐느끼는 강물의 마음
세상 풍파에 쉬이 부러지지 말고
굳게 서라 말하는 듯싶다.

섬의 외로움을 감싸안고 흐를 때
숨겨진 암초에 살이 찢겨도
멈추지 않는 면면한 흐름과
좀처럼 깊음을 드러내지 않으며
스스로 낮은 곳을 찾아 흘러
바닥을 가만히 채워가는 겸손을
가슴에 새기라고 말하는 듯싶다.

밤낮 쉼 없이 대해를 향해 가는
강물의 멈춤 없는 꿈과
구속받지 않는 자유의 유연함으로
당당하고 도도한 항진을 본다.

생명을 기르는 어머니의 젖줄처럼
흐르는 강물은 묵묵한 힘이 있어
살아있는 모든 것을 끝내 품어 안는다.

이복현 _ 1999년 대산창작기금(시)을 받고 《문학과의식》 겨울호로 활동 시작. 1994년 중앙일보 시조 장원. 1995년 《시조시학》 신인상으로 시조 창작 병행. 시집 「사라진 것들의 주소」 등 5권. 시조집 「눈물이 타오르는 기도」 등 2권. 충남작가상(시), 아산문학상(시), 시조시학상, 한국시조시인협회상 등 수상.

물의 사랑

빈 컵을 보면 목이 마르다
그래서 나는 물을 끝까지 다 마실 수 없다

너의 사랑을 보면 목이 마르다
늘 한 컵의 물 같아서

어느 시절
끝까지 촉촉하게 스며드는 사람이고 싶었다
비록 내 몸이 건조하고 내 마음이 메마르고
너와의 사랑이 쫙쫙 갈라지더라도

그러다가 폭우 속에서
내리꽂히는 물에 흠뻑 적셔지고 덮치는 물에 엎어지고
돌아갈 길 없는 사랑에 허덕였어도

나를 적셔
나도 누군가에게 나를 나눠주고 싶은 꿈을 꾼다

자다 깨어나
남겨진 한 모금의 물을 마시는 꿈을 꾼다

이사라 _ 1981년 《문학사상》으로 등단. 시집으로 『히브리인의 마을 앞에서』 『저녁이 쉽게 오는 사람에게』 『더 헐렁하게 사랑하든지』 외 다수. 대한민국 문학상, 한국시인협회상 수상.

연미동천

아직도 거기 워리는 있을까

다 떠나가고
집 한 채 남아있는 거기
내가 살던 오막은
이제 빈집
추녀가 낮아 허리 굽혀야 들어갈 수 있던
굳게 잠긴 문틈
바람 지나간 자리만 반들반들
봄마다 돌아오는
제비들의 집
올해도 어김없이 다녀간
상처
그 상처 너머로 가을볕이 흘러들고 있을
하루도 잊을 수 없는
난, 먼 증발
감은 눈으로 수십 번씩
아시내 건넌다

겨리 소 저민 발소리 궁궁궁

이
사
철

이사철 _ 2015년 《시와소금》으로 등단. 일반시집 5권과 시각장애인을 위한 한글 · 점자시집 1권이 있음. 대학 글쓰기 교재에「상그릴라」라는 시가 수록되어 있음.

ㅇ-2

이성의	이숙희	이순남
이승용	이승하	이영수
이영춘	이 윤	이은봉
이인철	이정화	이종근
이종완	이창건	이태수
이화영	임동윤	임문혁
임형빈		

이
성
의

분수

밤 인파 사이로 물길이 치솟는다
온갖 무지갯빛 의상을 입고
하늘로 하늘로 솟아오른다
낮게 높게
둥글게 엇갈리게
구부렸다 폈다
누웠다 앉았다
일상의 행렬들이
뒤섞여 춤을 춘다

그래 삶은
끝없이 오르다가 언젠가는
떨어지고야 말지
서로 끌어안다 헤어지고
서로 등을 돌리다 다시 만나고
그래 삶은
무리 지어 오르다 언젠가는 홀로
물안개 되어 사라지고 말지

이성의 _ 2007년 《예술세계》로 등단. 시집 『직선 속의 여유』 외 2권. 시조집 『꽃을 위로하다』가 있음. 부산시인
협회 우수상 수상.

붉은 눈물

은행 대기실에서 종이 신문 광고란을 본다

코리아에서 태어났습니다
누비 강보에 싸여
목사님 집 앞에서 발견 되었다고 합니다
가을이라 새겨진
은 목걸이를 걸고 있었지요
미국에서 사십년 살았습니다
양부모님 친절하고 사랑 많으신 분입니다
이유 없는 그리움 억누르며 살았습니다
나도 부모의 품에 안겨
따뜻하게 잠들어 본적이 있었을까요
내 나라 코리아에 가보고 싶어요
찾는 가족에게 아무것도 요구하지 않을 겁니다
나의 존재를 기억하고 계시는 분 연락 기다립니다

신문을 접고 핸드폰을 켜서 키보드에 손가락을 얹는다
붉은 눈물.

이숙희

이숙희 _ 1986년 《한국여성시》로 등단. 시집으로 「옥수수밭 옆집」「바라보다」「검은 트랙 위 청개구리」「마가렛」「비워진 집」 등. 울산작가상 수상.

소금시

물

이
순
남

임종

가뭄에 드러난 강바닥처럼

마른 가슴
울퉁불퉁 얹힌 돌덩이

강을 찾아온 새들
나란히 물 곁에 모여

끊어질 듯한 물줄기를
바라보고 있다

굽이진 여울 목을
거침없이 흐르던 물결

이제 물풀처럼 누워
서서히 종착지로 흘러가고 있다

언제나 일 것 같았던 그득하던 강

깊은 한숨 한번 쉬고
푸른 바다가 되었다

이순남 _ 2018년 《작가와문학》으로 등단. 시집으로 『버릇처럼 그리운 것』이 있음. 난설헌시백일장 시 부문 금상. 공무원문예대전 동상.

물의 이념

물처럼 살라한다
세월 흐르듯 흘려 보내라 한다
어쩌다 핏물이 들었는지
꽃이였던 그대도
아픔이었던 그대들도
죽어서야 흙속에 까맣게 묻혀질까
물이 되고자 세상을 적시던 나는
물 불 가리지 않고 물의 집을 만들었다
속성이 물이어서 끌어 안기만 하던 손발에게
이제는 그만하라 한다
손을 씻고 발을 털며
의지와 의도대로 애써 돌아서지만
물은 선명하게 기억하지
허공의 혼잣말로 버틸수 있었다고
손과 발이 세상의 쓰임이듯
나 죽어 재가 되어서야 물이었음을
하늘과 땅은 꼬옥 안아주겠지
세상을 향해 세월을 향해
손 발 부리다 보면
끝날, 다 날아간 물이었음을

이 승 용

이승용 _ 1990년 《시문학》으로 등단. 시집으로 『춤추는 색연필』 『꽃이 피다』가 있음.

이
승
하

물이 차오르고 있다

시간이 남아 있었다
삶을 향해 나아가는 시간과
죽음을 향해 달려가는 시간
뭘 하는가 이젠, 시간이 없다

발목을 적시는 물
종아리를 차오르는 물
실뱀처럼 물이 기어 올라오고 있다
냉담한 물이 어쩜 이리 무자비하게

허벅지로 배꼽으로 가슴으로
목으로 입으로 코로 눈으로 이마로
마가복음 1장 8절*이
누구의 뇌리를 스쳐 하늘나라로 갔을까

마침내 온몸이 물에 잠겼다
마침내 침몰한 우리들의 양심
바다는 하늘과 땅을 향해 미친 듯이 울부짖고
뒤집어진 배에서, 세월의 피가 솟구치고 있다

* 나는 너희에게 물로 세례를 주었지만, 그분께서는 너희에게 성령으로 세례를 주실 것이다.

이승하 _ 1984년 중앙일보 신춘문예 시 당선. 시집 『욥의 슬픔을 아시나요』 『뼈아픈 별을 찾아서』 『생애를 낭송하다』 『사람 사막』 『일출』 등. 지훈상, 시와시학상, 편운상, 유심작품상, 황순원문학연구상, 서울시문화상 등 수상. 현재 중앙대 문창과 명예교수.

마침내 바다에 이르는 물처럼

이영수

여기를
빠져나가야 살 수 있다고
까만 밤을 깨워가며
아프게 밀어내었다

난산을 마친 어미는
큰물이 지나간 내 같았다
뒤집혀 진 돌멩이
꺾이고 쓸린 초목
군데군데 떨어져 나간 둑

그렇게 여러 번의 고통은
뼛속으로 배어들어
비만 와도 쑤셔오지만
세상에서 가장 크고 기쁜 일이었다

그래서 어미는 날마다 기도한다
놓치지 말고 살아야 한다고
그곳이 땅속이든 몸속이든 구름속이든
마침내 바다에 이르는 물처럼

이영수 _ 충남 예산 출생. 2024년 《시와소금》으로 등단. 2024년 《충남문학》 신인상 수상. 2024년 계룡시 전국 시 낭송 경연대회 대상 수상.

소금시
물

이
영
춘

돌 속에서 우는 물소리

누구의 가슴 한쪽 천둥소리로 우는가
시원의 심장으로 가는 저 물결 부딪치는 소리
태초에 뱀의 형상인 듯, 전신인 듯,
물결 끝에 매달려 우는 저 소리,
돌 모서리에 걸려 천궁으로 치솟는 저 물소리,
어디까지 궁구하려는가
뱀 같은 물결무늬들이 물길을 밀고 가는데
어디로부터 날아온 것일까
목 긴 물새 한 마리 물결에 밀려 파고를 넘나든다
칠십만 번을 울어야 소리가 난다는 저 물속의 울음소리,
중심은 간 데 없고
돌 모서리에 부딪히고 부서져
하늘의 혼으로 우는 저 소리,
소리 없이 사라질 저 물속의 통곡,
뱀의 허물을 지고 가는 그 혼의 통곡,
허물 벗지 못한 이무기 한 마리
내 안에서 혼이 우는 소리

이영춘 _ 1976년 《월간문학》으로 등단. 시집으로 「시간의 옆구리」「봉평 장날」「노자의 무덤을 가다」「따뜻한
편지」「그 뼈가 아파서 울었다」 등. 시선집으로 「들풀」「오줌발, 별꽃무늬」 번역 시집으로 「해, 저 붉은 얼굴」 등.
윤동주문학상, 인산문학상, 고산문학대상, 유심작품상특별상, 김삿갓문학상 등 수상.

소금시
물

물 이야기

물에다 생을 풀고 모든 물을 버무려본다

빗물 고인 웅덩이
엄마가 뜬 정화수
소금 속의 바닷물
누각 밑 아랫물이 강물이란다
저기 지나가는 낮 기차는
수십 세기의 당신을 싣고
꺼어억 긴 물을 쏟아냈다

한 시절 길 열어 주고 굽이져
그 사이에 물꽃이 피고 졌다
모든 사물과 사람 사이에는 물이 흘러갔다
실시간 음악과 밤비가
한 아이의 불우했던 눈물을 만들고 있다
너와 나에게도 울컥, 예각의 물 지나갔다

생은 뒤척이는 핏물이 되기도 했다
물소리는 거대한 오케스트라
악보 없이 지휘자 없이
비에 젖은 풀잎들 일어서게 했다

말갛게 씻긴 물, 새 울음소리 듣는 중이다

이
윤

이 윤 _ 2011년 《창조문학신문》 신춘문예 신인상. 시집 『무심코 나팔꽃』 『헤윰 가는 길』 『우수와 오수 사이』가 있음. 김해문협 우수작품집상, 김해문학상 수상. 한국작가회의, 경남작가회의, 밀양문학회, 김해문인협회 회원.

이은봉

가을 물소리

하늘 높고 푸르다 새털구름
가볍게 흐른다 율계의 물소리
어제보다 차고 시리다

때굴때굴 율계 위를 구르는
저 물소리, 마음속
깊이깊이 고이는 저 물소리

아득하다 아득히 들려온다
투두득 툭툭툭
알밤 떨어지는 소리

월산의 밤나무 잎사귀들
풀풀 바람에 날린다
무거운 옷 그만 벗어 던진다

자꾸만 가라앉는 물소리
가재처럼 옆으로 기어 다닌다
가장골 골짜기, 참 고요하다.

이은봉 _ 1984년 (창작과비평) 신작시집을 통해 등단. 시집으로 「뒤뚱거리는 마을」 「바람의 파수꾼」 등. 시조집으로 「분청사기 파편들에 대한 단상」 「잘 익은 가을 하나」 등. 가톨릭문학상, 송수권시문학상, 풀꽃문학상 등 수상. 현 광주대 명예교수.

도시의 강

한쪽 강둑을 파먹은 물살이
좌회전으로 거품을 내뱉는다
황토흙 강을 탁하게 하고
물고기도 제 그림자를 잃어 갈팡질팡

그래도 하류에 물살이 쌓여 논이 된다고

늘

말씀하셨던

아버지

오리가 뒤뚱거리듯
강 가운데 사구가 쌓인다

사람들도 비좁은 도시의 흐름에
당황하지 않고 섬으로 있는 시간은 있다

물결 따라 방향을 바꾸는
우르르 몰려가는 발목들이
신호를 바꾸고 있다

이인철 _ 2003년 《심상》으로 등단. 시집 『회색 병동』(우수문학 도서 선정) 『AI 인류』 외.

이
정
화

$$\frac{1}{2}$$

반 컵의 물 안에 수평선과 하늘이
나뉜다

시간이 왜곡된 공간

나는 마저 이 반 컵의 풍경을
내 속에 들여
수선화 꽃대 하나를 세우고
천둥 번개 내장된 균열 너머
뭉게뭉게 흰 구름 일으켜야 하나

투명을 담금질해 두드려 저 시우쇠
텅텅 불려야 하나

이정화 _ 1991년 《시와시학》으로 등단. 시집 『포도주를 뜨며』 『목조미륵보살반가사유상과 나비』 『그늘의 사랑이여 나를 물어라』 등. 한국문인협회, 한국시인협회, 대구시인협회, 대구문인협회, 시와시학회, 숙대문인회 회원. 2024년 숙명문학상 수상.

물이 고프다 —오이디푸스 콤플렉스

이종근

거칠고 높은 산정, 母의 젖이 아니라도
엉금엉금 기어오르고 싶은
산간의 신앙에
아슬하게 턱을 괴고 있는 돌탑

나의 종교는
무턱대고 母의 정수라며 마셔보라기에
바가지인 양 수리에 담아
벌컥벌컥—

들이켠다, 유년 시절 학교 운동장
수돗가에서의
점심 한 끼인 양
궁핍이라, 말하지 않기로 언약해도

대놓고 드러내며 훌쩍훌쩍 떠들고 싶은
아침을 건너뛴 담박질에
긍휼마저 달아난
두 끼와 같은 결핍이라, 벌컥벌컥—

(母의 產苦는 이보다 더했을 갈증)

이종근 _ 2016년〈미네르바〉로 등단. 시집으로 『광대, 청바지를 입다』 『도레미파솔라시도』가 있음. 서귀포문학 작품상, 박종철문학상, 부마민주항쟁문학상 등 수상. 충남문화관광재단 등 창작지원금 수혜.

물처럼

나는 물의 문장에서 태어났고
그 고요한 시작은 상처의 숨결을 닮았어
바위는 한 곳에서 오래도록 말이 없고
물의 손길은 그 침묵을 수천 번도 더 쓰다듬지
물은 미끄러지고, 부드럽게 밀려가며
결국 돌을 품어 안고 자신의 길을 만들어

우리 사랑은 꼭 붙잡지 않아도
오래도록 한 사람의 곁을 흘러
소리 없이 다가서며 깊은 곳을 적시네
물은 생명 품고도
그 이름을 묻지 않아
그 생명 살게 하고는 조용히 흘러가지
무너진 자리에 물이 스며들고
조용히 나를 다시 채운다

빛을 잃은 마음의 조각들이
물 아래에서 천천히 밝아오는 빛을 읽으면
멈추지 않고 흘러가는
이 부드러움이
가장 단단한 나의 기도다

이종완 _ 2009년 〈한국문인〉으로 등단. 시집으로 「어느 봄날」과 동시집으로 「나무 일기」「엄마꽃」 등이 있음.

어머니의 물길은

소금시
물

이
창
건

   험했습니다 고비고비 흘렀습니다 그러나 마른 들에 물을 들여 들을 키우며 어두움을 새벽으로 만들고 허망한 것을 진실하게 드러내는 어머니의 물길은 언제나 마르지 않았습니다 그 물길은 벼랑을 만나면 두려웠고 바위에 부딪히면 돌아갔습니다 또한 어머니는 당신의 물길이 부서지고 흩어져도 언제나 줄기를 이뤄 푸름을 향했습니다 세상은 직선이 아니라 굽이굽이 휘어진 강이라고 서로 다른 물길들이 낮아지고 낮아져 배 한 척 띄우는 일이라고 나 어렸을 적 뜰에 심은 봉숭아로 꽃물을 들이시던 어머니의 물길이 예쁘고 고운 때도 있었습니다

이창건 _ 1981년 《한국아동문학》에 「어머니」가 추천되어 문단에 나옴. 동시집으로 〈풀씨를 위해〉 〈소년과 연〉 〈소망〉 〈씨앗〉 〈사과나무의 우화〉 등이 있음. 대한민국문학상 신인상, 소천아동문학상, 윤석중문학상 등 수상.

이
태
수

물의 길

강가에 서서 내려갈 길을 떠올리다
계단 앞에 이르러선 오를 길을 찾는다
계단을 오른 뒤 강물을 내려다본다

아래로만 흘러가는 물의 길
하늘을 향해 팔을 뻗는 강둑의 나무들도
저 길을 들여다보고 있으려나

하늘은 우러러 살게 하지만
강물은 내려가고 더 내려가야 오른다는
세상의 순리를 일깨워 준다

늘 제자리를 지키는 나무들은
계단을 오르고 내리는 나를 바라보면서
마음은 한결같기를 바랄까

변함없이 제자리를 지키고 있으면서
하늘 우러러 물길을 따르는 게 도리라고
나무가 나직이 귀띔해 주는 것 같다

이태수 _ 1974년 《현대문학》으로 등단. 시집 『은파』 『먼 여로』 『유리벽 안팎』 등 22권. 시선집 『먼 불빛』 『잠깐 꾸는 꿈같이』 육필시집 『유등연지』 등. 한국시인협회상, 한국가톨릭문학상, 상화시인상, 동서문학상 등 수상. 매일신문 논설주간 등 지냄.

소금시
물

강을 바라보는 방법

물살이 부챗살로 접혀 흐르는 강둑을 걸었다
부추 꽃을 닮은 작은 흰 나비 가볍게 눈썹 위로 지나갔다
나무 빛깔과 바람의 온도에 어울리지 않는 나비였다

당신 대신 울고 있는 가을 강을 보고 있다
외로워서 죽은 강물이 있다는 소문이 떠돌았다
죽어서도
당신은 강물의 연인으로 남았다

죽음은 강으로부터 온다
강을 바라보는 12가지 방법 중 하나는
마음을 바꾸는 일
얼어붙은 심장을 끌어안는 일

물이 물을 안고 흐르고
강이 나비의 형상을 이룰 때
11월 강은 무심해서 건너기 좋은 계절이라고 당신은 말했다

이 화 영

이화영 _ 2009년 《정신과표현》으로 등단. 시집으로 『침향』 『아무도 연주할 수 없는 악보』 『하루종일 밥을 지었다』와 전자시집으로 『꽃을 새기다』가 있음.

마른 우물

주렁주렁 온몸에 링거 줄을 매달고
가랑가랑 숨결 잦아드는 마른 우물 하나 누워있다
수없이 퍼내어도 늘 찰랑찰랑 만수위를 이루었던 몸
두레박만 내리면 언제니 뼈와 살과 단단한 생각들을
넘치게 담아내셨던 우물, 우리 육 남매가 퍼마셨으나
하룻밤만 지나면 다시 그 우물은
출렁출렁 일정한 만수위를 유지하곤 했었다
그러던 몸이, 어느 날 문득 폐답이 되어 있었다
조금씩 잦아들면서 드러나는 밑바닥
넘쳐나던 물은 어디로 빠져나갔는지 나뭇잎만 쌓이고
검버섯 핀 벽엔 하루살이 모기떼만 알을 까고 새끼를 쳤다
별빛 달빛 찰랑거리는 여름도 가고
이젠 황갈색 버들잎만 툭툭 떨어져 내린다
찢긴 걸레조각과 과자봉지만 둥둥 떠다니는 그 속,
찰랑대던 몸 대신 꼬로록 잦아드는 물소리
링거액 떨어지는 소리만 병실의 고요를 흔들고 있다
이젠 퍼 올릴 수 없는 마른 우물 하나
온몸에 링거 바늘 매달고 가랑가랑 누워만 있다

임동윤 _ 1968년 강원일보 신춘문예로 등단. 시집으로 『나무 아래서』 『야만의 습성』 『풀과 꽃과 나무와 그리고,
숨소리』 『사람이 그리운 날』 등 18권. 수주문학상 대상, 김만중문학상, 녹색문학상 등 수상.

깊이

물을 두려워하는 건
깊이를 모르기 때문이다

내가 막연히 그대를 그리워하고
그대를 기다리는 것은
그대의 깊이를 모르기 때문이다

기다림은 고일수록
아픔이 깊어진다

아픔 깊을수록
깊어지는 물

그대를 미워하며
그대를 아파하며

이 밤에 새삼
그대를 생각하는 건
기다림의 깊이를
기다림의 끝을
모르기 때문이다

임문혁 _ 1983년 한국일보 신춘문예 시 당선. 시집 『귀 · 눈 · 입 · 코』 『반가운 엽서』 등 다수. 한국현대시인상, 김기림문학상 등 수상. 한국현대시인협회 부이사장.

밀물을 기다리며

임
형
빈

서해로 가려 했지만 친구여
종로 가로등에 돛을 내리고
수많은 불빛을 바라보네
차들은 자꾸 뱃머리를 치며
멀리 좀 더 멀리 어둠 속으로 잠입하고
끝도 없이 밀려오는 인파의 행렬
우우 밀려든
신호등 앞에서 밀물을 기다리네
종로는 불빛 밑으로
검은 뻘물을 뱉어내네 친구여
허리우드 극장 아래서
그대를 기다리다가
거리에 앉아 밀물을 기다리네
옆자리에 둘러앉은 사람들이
밀항을 꿈꾸는지 파도소리를 내며
쓰러지네 삭은 밧줄처럼
버석거리는 종로의 밤 친구여
밀물이 들어오면 떠나겠지만
낡은 벽보 같은 종로에 기대어
행인들을
심해로 쓸려간 지하 단칸 셋방의 꿈을
바라보네
무작정 밀물을 기다리며

임형빈 _ 2021 《문예연구》로 등단. 2024년 전국 계간지 우수작품상 수상.

장미자	장순금	장승진
장옥관	전순복	전영순
정경해	정병기	정 숙
정승준	정연수	정영숙
정유정	정의홍	정이랑
정종숙	정주연	정중화
정지윤	조성림	조승래
조영행	조우상	조정이
조창환	조평자	주경림
진명희		

장
미
자

단수

샤워기에서 소낙비처럼 거센 물줄기를 뿌리고 있었어.
비누 거품으로 몸과 머리카락이 버글거리는데
헉! 수도꼭지를 비틀어도 물이 나오지 않아.

맑던 하늘에서 갑자기 소낙비를 뿌렸어.
빗물에 말끔해질 이팝나무가 부러웠어.
알몸으로 나무에 매달릴 수도 없고
로댕 같이 턱을 괴고 앉아 단수를 생각했어.
아내 말을 귓등으로 대충 들은 게 잘못이라고
하얗게 말라가는 거품을 매달고 생수 반병을 찾아 대충 닦았어.
바싹 긴장한 목이 물을 갈구하지만
집안에 물이라곤 생수 반병뿐이라는 걸 미처 몰랐어.

엘리베이터에 단수 안내문이 붙어 있었어.
대충 사는 내가 대충 보고 넘긴 걸 누굴 탓하겠어.
인체의 70% 정도가 물로 이루어져 있다는데
몇 시간의 물 결핍만으로도 온몸이 출렁거린다는 걸 알게 됐어.

집안에 비상용 물을 쟁여 놓고 위축된 몸 안팎을 넉넉히 적셔주었어.
막혔던 핏줄이 뚫린 듯 온몸이 짜르르했지.
'생명은 물에 기대어 산다.' 라는 글귀가 떠올랐어.
손등까지 물을 부어 밥솥을 앉혔어, 보글거리는 밥물처럼
붉은피톨들이 몸 안에서 보글보글 따뜻해지고 있었어.

장미자 _ 2025년 《시와소금》으로 등단.

소나기

판도라의 상자 속에서 새나온 것들이

공중에서 머리를 풀었다

온통 시커먼 먹구름, 먹구름들이었다

터질 듯 꺼멓게 웅크린 하늘이

마침내

파열음을 내며 땅으로 쏟아냈다

장대비 먹구름 한 판

천둥을 앞세워 깨끗이 씻어냈다

머리 푼 공중을 시원하게 쓸어냈다

장
순
금

장순금 _ 1985년 《심상》으로 등단. 시집 『얼마나 많은 물이 순정한 시간을 살까』 등 8권. 동국문학상, 한국시문학상 수상. 경기문화재단 우수작가 선정.

상선약수 上善若水

마른번개로
화염 토네이도로
대륙을 삼킨 불덩이를 잡은 건
결국 하늘로 솟아 다시 쏟아진
그대였다

열꽃으로 몸부림치는 짐승을 위해
그대 젖은 숨결로 내려오라

불이 할 수 있는 최선은
높다란 물줄기로 솟구치거나
수증기 뿜어내는 청록빛 호수로 눕는 것

낭창낭창 흔들리며
그대 생명의 목마름으로 오라
촉촉한 빗소리로
허접한 욕망 씻어내며 오라

조심조심 낮게 흘러
미쳐가는 세상을 살려다오

장승진 _ 1991년 《심상》, 1992년 《시문학》으로 등단. 시집 『환한 사람』 『천상의 화원』 『인간 멸종』 등이 있음. 세계문학상 시 대상, 푸른시학상, 춘천예술상 공로상 수상. 춘천문협 회장 역임. 현 삼악시, 강원디카시인협회 대표.

물로 된 뼈

장
옥
관

1

뼈 중엔 물로 된 뼈도 있지

썩지 않는 게 뼈라면 오키나와 해변에서 주운 산호의 뼈, 물거품처럼 희다 물컹한 내 살이 감춘 뼈도 흴까 암으로 죽은 내 친구 화장하고 난 뼈 조각은 희지 않고 누랬다

2

사십 년 만에 이장하려고 파헤쳤더니 삭은 삼베 속 살은 다 녹고 뼈만 가지런하더란다 그 뼈가 그 뼈인가 싶더니 해골에 박힌 치아를 보니 맞더란다

송곳니 옆에 박아 넣은 은니가 아버지 분명하더라는데 술잔 들어 활짝 웃을 때 슬쩍슬쩍 드러나던 그 은니

3

흔들리는 물속의 낮달

바람이 싣고 다니는 저 먼지, 시간의 뼈가 아닐지 나 없을 그때, 내 딸의 뺨이 떠올릴 뼈는 문득 무엇일까

장옥관 _ 1987년 《세계의문학》으로 등단. 시집으로「달과 뱀과 짧은 이야기」「그 겨울 나는 북벽에서 살았다」「사람이 없었다고 한다」외 다수. 김달진문학상, 노작문학상, 김종삼시문학상 등 수상.

전
순
복

바다의 문장

바다를 달려오는
바람의 바퀴 자국이 너울거린다

모래톱을 읽고 있는
저 곡선들

물길이 바뀌면
가지런한 문장들 지워지고

새로운 물의 걸음이 다시
기록될 것이다

전순복 _ 2015년 《시와소금》으로 등단. 시집으로 『지붕을 연주하다』가 있음.

물을 기억하다

진달래꽃으로 붉게 물드는 낮은 산자락 아래
갈라진 바위 틈새로 맑은 물이 흘러나왔다
물은 한 곳뿐이었다 집 집마다 그 물을 사용했다
마을에 흉사가 나면 물줄기가 줄어든다고 사람들은 수군거렸다
겨울엔 따뜻하고 여름엔 시리도록 찬물이 나왔다
넘치는 물은 흘러 아름드리 밤나무 아래 작은 웅덩이가 생기고
그 아래서 만삭이 된 주먹만 한 알밤을 줍던 기쁨
풀숲 사이 흐르던 도랑물은 빨래터였다
학교로 가는 지름길 맑은 시냇물로 이를 닦고,
바위의 이끼를 손톱에 붙여 말리면 붉은 물이 들었다
펌프질 끝에 터져 나오던 수 미터 땅속에서 퍼 올려
지금의 정수기로는 닿을 수 없는 상큼하고 시린 물의 맛
어른이 되어 처음 본 바다 깊고 끝이 없어 두려웠다

해 질 무렵 공지천 노을은 호수에 뿌려져 황금빛 물결로 출렁인다
실개천의 돌다리 사이로 흐르는 잔물결에 춤추는 작은 물고기들
자연 속에서 솟아나던 맑은 물이 그립다

전영순 _ 2004년 〈창조문학〉으로 등단. 시집으로 『사랑이 그리운 사람』과 수필집 『어머니의 행주치마』가 있음.
강원여성문학인회, 춘천 여성문학회, 춘천 〈시를 뿌리다〉 회원.

물

물로 보지 말라고요?
그럴 리가요.

품 안을 파고드는 것 내치지 않고
불쑥불쑥 찾아와도 문 열어주고
나눠달라 손 내밀면 기꺼이 주고
편견 없이 함께 어울리며
욕심 좀 부렸다 싶으면 찰랑찰랑
자신을 덜어낼 줄 알고
높은 곳은 쳐다보지 않으며
낮은 자리만 찾아가는 겸손함으로
제 자리 지키며 한길로 가고
아무리 속을 뒤집어도
마음 가라앉히는 참을성으로
인내와 끈기로 바위를 뚫는
부드럽지만 굳세고 질긴
물,

네, 아무나 물로 보지 않겠습니다

정경해 _ 1995년 《인천문단》 신인상, 2005년 《문학나무》 시 재등단. 시집으로 『가난한 아침』 『술항아리』 『미추홀 연가』 『선로 위 라이브 가수』 창작동화집 『미안해 미안해』 『동생이 태어났어요』가 있음. 인천문학상, 인성수필문학상 수상.

물의 시간, 물의 편견

　오늘이 움직인다 어제로도 내일로도 갈 수 있다 바다에서는 소금으로 헤엄친다 고인 물은 썩기 마련, 오늘이 썩으면 물이 썩는다 오늘의 유기물이 썩는데 물이 썩는다고 한다 물은 물이 아니다 오늘은 헤엄친다 제 자신이 썩지 않기 위해서다 오늘의 움직임을 막는 것이 물을 썩게 한다

　물은 없음 다음에 처음이다 없음으로도 갈 수 있다 바로 돌아가거나 돌아 돌아가거나 물먹으면 손해를 보든지 곤란스러운 상황에 처하지만 물을 마시면 속 차린다 맺힌 게 없는 물 같은 놈이란다 물도 맺히면 방울이고 물에도 결이 있다 결을 우습게 알면 서리 맞는다 이슬을 보고 덧없는 것이란다 이슬만 먹고 사는 사람도 있다는데

　치솟고 뒤덮는 홍수와 해일, 자욱하게 텅 빈 물안개와 물거품, 델 듯 뜨거운 수증기는 파도를 일궈 물결로 잠든다 파도는 바다의 호흡, 모든 걸 받아 내쉬는 물의 숨이다 제철 파도를 구우면 바다의 미소를 맛볼 수 있다 바다의 미소는 물의 숨과 결로 짓는 것이다 물은 영웅이다 아무것도 아닌 것이 영웅이다 괴물의 살해자다 아름다운 미소가 없는 괴물 말이다

　눈 감고 들여다보면 암흑이 아니라 가믄 세계가 보인다 깊은 물속이다 검정이 아니라 가뭄이다 아무것도 아니다 시간이 생겨나기 전부터 존재한 공간이다 움직임이 없으면 시간도 없다 시간은 관계, 관계는 구석진 것이다 물에는 구석진 것도 곳도 없다 물은 물이다 어제도 오늘도 내일도 물은 있을 뿐이다 없을 뿐이다

정병기 _ 2016년 《나래시조》(시조), 2018년 《시와표현》(시) 등단. 시조집으로 「대한민국은 민주공화국이다」 「시간 환상통」 「산은 이미 거기 없다」와 시집으로 「오독으로 되는 시」(아르코문학나눔 도서) 「엔딩 크레디트」가 있음.

정
숙

설마, 설마

태풍이 몰려온다

하리케인이, 페놀이 퍼진 오염수로 빙하를 녹여 해수면을 올린다

강남이, 인천공항도 침수 이미 늦었지만 지금이라도 지구가 보내는
마지막 시그널을 알아차려야 한다

합성섬유 의류가 미세플라스틱이 되니

옷이 닳아 너덜너덜해질 때까지 입어야하고

자가용이 사람을 비웃으며 온실가스 배기가스로 지구를 덮어버린다

플라스틱이 종이빨대, 생수 속으로 침투하는 동안
이 메일 빨리 삭제하기

나무끼리 얘기하고 숨 쉬게 사람이 자연에게 진 빚을 갚기 위해
옷 벗고 맨발의 원시인으로 돌아가야 한다

그 말씀 알면서 지키기 싫어, 물에 구정물 탄 번지르르한
거짓말, 거짓말만 뿌린다

정 숙 _ 1993년 《시와시학》으로 등단. 시집 『신처용가』 『위기의 꽃』 『불의 눈빛』 외 다수. 만해 '님' 시인상, 대구
시인 협회상 수상. 현대불교문인협회 대구경북지회장, 시와시학문인회 회장, 이육사기념사업회 공동 대표, 이상
화기념사업회 이사 겸 편집위원장.

봄비

정 승 준

봄비가 왔다
반가움에 자세히 바라본다

한 방울 연이어서 또 한 방울씩
산산이 떨어져서는 깨어진 물 파편들이
내 발 앞에서 다시 엉겨 붙어서
어깨동무하듯 지나쳐 간다

바위나 강철은
너무 강하고 단단해선지
깨지면 다시는 붙지 못하는 것이
상처 난 내 마음과 닮은 것 같은데

어디든 쉬이 스며들고
누구나 부드럽게 감싸안을 수 있는
물방울은 조각조각 바스러져도
곧 다시 사이좋게 붙어간다

지남철처럼
어린아이들처럼

정승준 _ 2020년 시집 「또 하나의 질문」으로 등단. 《문학도시》 신인상 수상. 시집 「언 가슴 녹여 만든 봄날을」 「장마를 견딘 어느 여름날에」 「겨울비, 눈이 되지 못하고」 「한적헌의 가을」이 있음. 부산문협, 밀양문학회, 경남작가회의, 경남기독문인회 회원.

투명한 기원

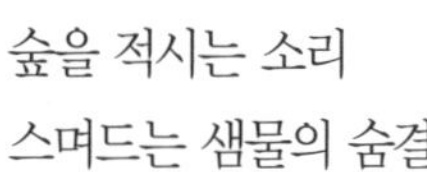

숲을 적시는 소리
스며드는 샘물의 숨결

침묵을 지키던 한 점 맑은 사유
샘물 이전의 언어들처럼

고요는 내 안의 길을 만든다

돌과 돌 사이, 갈등을 다독이며 흘러
흐르는 것은 머무르지 않는다

나의 시간이 모이면
물은, 오래된 이름을 부른다

경계와 맞닿은 세상의 소리를 듣는다
나도, 스미듯 흐르기 시작한다

기억 바깥의
노동자들 그림자 아래로.

정연수 _ 〈다층〉으로 등단. 시집으로 『여기가 막장이다』 『한국탄광시전집』이 있음. 산문집으로 『탄광촌 풍속 이야기』 『노보리와 동발』 『강원의 명소 재발견』이 있음.

물의 말

소금시
물

정
영
숙

그가 시방 가시연으로 피어나고 있다
미완성의 시로 물 위에 떠 있다

햇빛 쏟아지던 정오의 수면 위
말간 조약돌처럼 빛나는 눈동자

두려움 없이 달리는 자전거 바퀴
구름 위 날아오르는 애드벌룬
가시에 찔려 피 흘리는 순교자처럼
꽃을 피우던 순간
우리는 사랑이라 불렀다

지상에서 꽃은 피웠으나 열매를 맺지 못한 나무
함께 가자던 샹그릴라
색색의 물감으로 그려놓고 가는 길을 멈춰 선 당신은
미완성의 시다
약속의 땅을 지키지 못한 당신 말은
물의 말이다

폭풍우 속 나무와 함께 물속으로 사라진 말이
오월의 수면 위 붉은 파문을 일으킨다
피처럼 붉은 가시연꽃이 가슴을 아프게 찌르고 있다

정영숙 _ 1993년 시집으로 등단. 시집 『볼레로, 장미빛 문장』 『나의 키스를 누가 훔쳐갔을까』 『황금 서랍 읽는 법』 『옹딘느의 집』 『물 속의 사원』등 8권. 활판 시선집 『아무르, 완전한 사랑』이 있음.

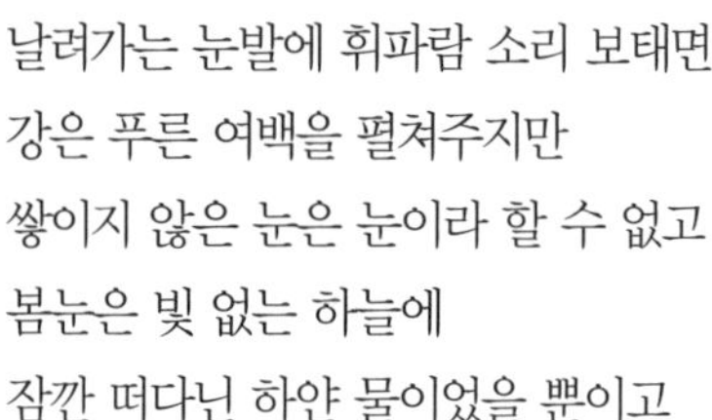

정
유
정

빈

날려가는 눈발에 휘파람 소리 보태면
강은 푸른 여백을 펼쳐주지만
쌓이지 않은 눈은 눈이라 할 수 없고
봄눈은 빛 없는 하늘에
잠깐 떠다닌 하얀 물이었을 뿐이고

눈 속에서
눈이 별빛처럼 반짝이는 사람을 본 적 있다
감았던 눈뜨자 별도 사람도 사라졌다
그의 안에 내가 쌓여 있지 않으면
나 또한 흘러버린 물일 것
깊은 물속에서 파도를 보지 못하는 것처럼
우리는 소중한 무언가를
잘 간직하고도 잃어버리는데

가장 중요한 건 눈에 보이지 않아* 서일까
허전한
그물 안에 채워진 공기 같은

결국 빈,
물의 모양

* 생텍쥐페리의 〈어린왕자〉 중.

정유정 _ 1992년 (현대문학)으로 등단. 시집 「보석을 사면 캄캄해진다」 「아무도 오지 않았다」 「셀라비, 셀라비」 「하루에서 온 편지」 등. 2021년 대구시인협회상, 2024년 금복문학상 수상.

물

저 흐르는 것이
구름이더냐
세월이더냐
별빛이더냐
땅 위의 아름다움과 추함
세상 인연들의 만남과 이별
짧았던 기쁨과 긴 고통
늙고 병듦과
갓 피어나는 이른 봄날의 들꽃
저 모든 것 품에 안고 씻어내는 것
흘러가는 물이 아니더냐

정의홍 _ 2011년 《시와시학》으로 등단. 시집으로 『천국아파트』 『북한산 바위』 『꽃씨를 심으며』 등. 한국시인협회 회원.

정
이
랑

우물

오래 전부터 사람들의 일상 속에서
나는 잊혀져 갔다
마음 속에 살아 움직이는 것은 어둠뿐
맑은 하늘 한 자락,
수양버드나무 길게 늘어뜨린 이마는 눈부셨지
한 아이 나를 들여다보고
동그라미 그리며 옆구리 찌르던 날
깔깔 숨 넘어가도록 웃어주기도 했어
저녁 종소리처럼 흩어지는 노을
귀와 눈동자까지 깊어져 닿을 수 없고
샘솟던 핏줄은 더 아래로 발길을 뻗었다
얼마 전까지만 해도 살아 있구나
생각했다 칼날 같은 바람이
내 묵은 이끼들 쓸고 갈 때
우주의 중심에 하나의 별로
박혀야겠다는 것을 알기 전에는

정이랑 _ 1997년 《문학사상》으로 등단. 시집으로 『떡갈나무 잎들이 길을 흔들고』 『버스정류소 앉아 기다리고 있는』 『청어』 『핥는다는 것』이 있음. 대산문화재단 문학인창작지원금 수혜시인 선정. 이윤수문학상 수상. 현재, 대구시인협회, 대구문인협회, 죽순문학회, 달성문인협회 회원. 계간 『시와소금』 편집위원.

천변에서

소금시
물

바구니 달린 자전거 타고 달렸다
나팔꽃 덩쿨 울타리 너머로
나무 가득 노란 봉지 씌워진 열매들
도시 한 귀퉁이에 이런 곳이 있다니
아름다운 것들이 사라지지 않기를 기도했다
너는 나팔꽃 안에 숨어 있었다
강아지풀 속에서 흔들렸다
떼 지어 핀 금계국이었고
잠들지 않는 사과 봉지였고
사과 봉지 싸던 아저씨 노란 의자였다
아름다워서 슬퍼지고
슬퍼서 아름다워진다
여기 좀 보세요! 괜히 물든 손 흔들고
내 것도 아닌 사과를 나눠주고 싶었다
살아가는 이유는
풀과 바람과 사과 같은 것들이 알려주었다
올망졸망한 밭들이 아프게 밀려나고
새 아파트가 둥지 틀었다
꼬마들이 나와 자전거 타고
어미따라 오리떼가 줄지어 간다
해가 너머 간다

정 종 숙

정종숙 _ 2020년 《시와소금》으로 등단. 시집으로 『줍게 걸었다』가 있음. 현재 시와소금 편집장.

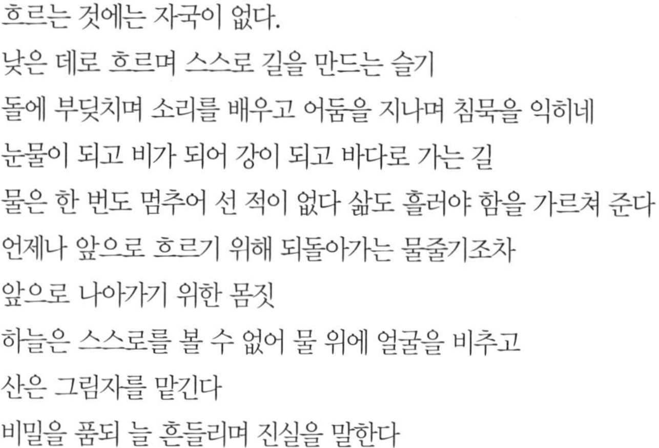

물의 서書

흐르는 것에는 자국이 없다.
낮은 데로 흐르며 스스로 길을 만드는 슬기
돌에 부딪치며 소리를 배우고 어둠을 지나며 침묵을 익히네
눈물이 되고 비가 되어 강이 되고 바다로 가는 길
물은 한 번도 멈추어 선 적이 없다 삶도 흘러야 함을 가르쳐 준다
언제나 앞으로 흐르기 위해 되돌아가는 물줄기조차
앞으로 나아가기 위한 몸짓
하늘은 스스로를 볼 수 없어 물 위에 얼굴을 비추고
산은 그림자를 맡긴다
비밀을 품되 늘 흔들리며 진실을 말한다

그 어떤 언어보다 절실한
사막의 한 모금 병상의 한 방울, 목마름은 생명의 본질을 묻는 일
태어날 때 첫 기억도 물이다.
죽음 또한 흐름의 다른 이름이란 걸
죽음은 멈춤이 아니라 보이지 않는 물길로 숨어드는 일
삶은 낮아지는 길 끝에서 더 넓어지고 깊어지는
고개를 숙일 때 드넓은 바다를 얻는다네
물의 책을 읽는다는 것은
삶과 사랑 시간과 죽음을 하나의 순환으로 받아들이는 일임을
대지의 젖줄 생명의 어미라는 것을 아는 일이네

정주연 _ 2001년 평화신문으로 등단. 시집 『선인장 화분속의 사랑』 『붉은 나무』 『체리 핑크 맘보』가 있음. 강원문학작가상, 춘천여성문학상, 강원여성문학우수상 수상. 한국시인협회, 가톨릭문인회 회원, 강원문인협회 이사.

파문

무심히 강물을 향해
돌멩이를 던진다

물수제비 원을 그리며
넓게 퍼져간다

청둥오리 떼 놀라
날아올랐다 내려앉는다

파문 위로
파문이 엎어진다

당신과 내가
끊어질 듯 이어져 있다

정
중
화

정중화 _ 2003년 《문학세계》로 등단. 시집 「징조처럼 암시처럼」 「바람의 이야기를 듣는 법」 「당신의 빈틈을 내가 채운다」 「볼록거울 속으로」 「냉장고를 사야 하는 이유」가 있음. 수향시낭송회 회장, 삼악시동인회 사무국장 역임. 현재 ㈜선진엔지니어링 종합건축사사무소 사업관리부 전무로 재직 중.

정지윤

물은 납작해진다

물을 밀고 또 밀다 보면
물은 납작해진다

예리하게 소금이 각을 세운다

느티나무 가지를 끌어당기는 구름
팽팽해질수록 몸은 가벼워
하늘 밖으로 연은 날아가는데
물에 주름을 잡다 보면
어디가 앞이고 뒤인지 알 수 없어
나는 다가오는 너를
거부할 수 없다

철탑 뒤로 중력이 쌓인다
파도가 일 때마다 펄럭이는 바람들
아가미가 들썩인다
느티나무 가지가
물소리를 꿰뚫고 있다

정지윤 _ 2015년 경상일보(시), 2016년 동아일보(시조) 등단. 2014년 《창비어린이》 동시 등단. 시집으로 「나는 뉴스보다 더 편파적이다」와 시조집 「참치캔 의족」 「투명한 바리케이드」가 있음. 동시집 「어쩌면 정말 새일지도 몰라요」 「전달의 기술」이 있음.

강

그대에게 시리도록 푸른 강물이 흐르고 있어
나 그대에게서 눈을 뗄 수 없구나

그대에게서 해 뜨고
또 그대에게서 석양이 물들고 있으니
나 어찌
그대 없이 무슨 소용이 닿으리

강마을에는 한 감성주의자가 있어
바느질처럼
세월을 노 젓고 있고

저 물오리들이 수놓은
무수한 세월의 무늬들 따라
나 저 노을로 불타오르며
선뜻 그대에게 닿으리

조성림 _ 2001년 《문학세계》로 등단. 시집으로 「지상의 편지」 외 8권. 시선집으로 「낙타를 타고 소금 바다를 건너다」가 있음.

조
승
래

만년설 만년수

옥빛 호수에는
하얀 빙하를 쓴 검은 산이 거꾸로 서 있다

사라지면 나그네임을 산도 알 것이다
달도 그랬고 해도 그랬으므로

빙하가 만년도 더 되었을 거라는
나그네의 추정은 어렵지 않다

산은 붙박이로 거기 있어라
나그네는 다시 온다

작은 가슴 속
너무 벅찬 알프스 잔상

순환하는 환희의 눈물이
그때는 없었을라고,

조승래 _ 경남 함안 출생 2010년 《시와시학》으로 등단. 시집으로 『수평에 쉬다』 외 8권과 시선집 『수렵사회의 귀가』가 있음. 계간문예문학상(2020), 남양주 조지훈 문학상(2021) 수상. 한국시인협회, 한국문인협회 이사, 계간 문예작가회 부회장, 시와시학문인회 회장, 시향문학회 회장, 함안문인회 회원.

소금시
물

그녀의 숲

나무와 풀은 물항아리 하나씩 가지고 있지
요양원 창밖 저 푸른 물빛
귀 기울이면 물결 소리 찰랑거리네

숲의 바다, 하늘로 향하는 것들은 물을 품고 사네
떡갈나무도 강아지풀도 들꽃도
그녀도 물이 하늘이네

요양원 그녀 점점 물관이 마르고 있어
꽃처럼 시들어 가고 움직일 때마다
부러질 것만 같은 하루가 버석거리네

핏줄은 마른 나무줄기처럼 드러나 있네
뿌리 깊은 한 생
그녀가 핏대 올리며 장사하던 목청이었거나
구순의 생을 요약한 한 줄일 것이겠지만

위장과 정강이에서 점점 출렁거림 약해지네
어머니, 물만 찾네 하늘이었으므로

흐린 시선을 따라가네
출렁거리는 숲, 저기 어디 그녀의 푸른 봉분 한 채 있을까

조
영
행

조영행 _ 2021년 《시에》로 등단. 시집으로 『닻근리 호두나무 제작소』가 있음.

조
우
상

돌의 핏줄

계곡은 물의 길
나무뿌리 틈으로 솟은 돌부리 쪼아
굽은 물길에 자갈을 깔고
바위를 깎아 몽돌로 덮으면
계곡을 흐르는 새벽 물길은
하늘을 품은 은하수다

몽돌은 물의 이력
지구의 역사를 증명하듯
물의 눈빛을 화석으로 새겨놓은 몽돌
구르고 부딪친 생의 아침이
풀잎에 이슬로 맺혀 햇살처럼 빛날 때
물은 돌 속을 흐르며
수직의 절벽 아래 몸을 던진다

폭포는 물의 절정
돌의 심장을 깨워 우주를 담고
바위틈으로 층층이 스며
돌 속에 생명을 들이는
우주의 탯줄 같은 폭포의 물줄기
물은 돌의 핏줄이다.

조우상 _ 충남 태안 출생. 1999년 《태안문학》으로 작품활동 시작. 2000년 《문예한국》으로 등단. 시집으로 『노을은 어둠을 재촉하지 않는다』가 있음.

물의 뼈가 보일 때

흐르지 않는 것도
흐르는 것도 아니라서
우두커니 멈췄을 때
부드러운 줄만 알았다

잔잔한 빗물로 만나
출렁거려 본 적 없고
웅덩이로 고였을 때
소리 없이 개울로 눈을 돌려

그저 물이구나 생각했다
초가을 어느 날
우레 치며 쏟아져 내려
갯버들 뿌리째 밀고

집채만 한 바위 굴리고 달려갈 때
쇠 잘라내는 뼈를
가슴에 품고 있다는 걸
그제서야 알아차렸다

조정이 _ 2017년 《문학도시》로 등단. 시집으로 「랍비, 저수지에 있다」「너는 밀어낼수록 가까워진다」가 있음.

눕는 호수

조
창
환

어둠과 호수가 서로의 잔등을 쓰다듬으며 끌어안고
잠 속으로 내려가는 것이 보인다
천천히 아주 느리게
고요하고 매끄러운 손이 시간의 뿌리들을
감싸 안을 때
풀어진 바람 소리들, 흔들리다가, 희고 두터운
그림자 속으로 가라앉는다
천천히 아주 느리게
이 세상에 오기 전 저 물속에서
흔들리는 풀이나 떠다니는 알로써
잠을 끌어안고 숨 쉬고 있었던 것일까, 우리는
눕는 호수가 어둠을 받아들일 때
물렁하게 엉긴 혀 같은, 누그러진 소리들이,
질척거린다
물과 어둠이 만드는 틈, 켜켜이 포개진 잠의 문
을 어루만지며, 별 없는 밤
한때 팽팽하고 완강했던 누군가의 살갗이
힘을 풀고 세상의 소리들을 끌어당겨
제 속으로 깊이깊이 빨아들이는 것을 본다.

조창환 _ 1973년 〈현대시학〉으로 등단. 시집으로 「빈집을 지키며」, 「라자로 마을의 새벽」, 「파랑눈썹」, 「피보다 붉은 오후」, 「벚나무 아래, 키스자국」, 「건들거리네」 등이 있음. 한국시인협회상, 한국카톨릭문학상, 경기도문화상, 박인환 상, 목월문학상 등 수상.

햇무

조
평
자

산수국 헛꽃이
어린 고라니와 잠드는 물찻오름 아래
돌담집 모래시계가 봉긋하게 성을 쌓기 시작한다

이 부엌에서 별은
물이다

바깥세상에 나온 무를 달큼하게 씻겨
처음 생긴 저녁을
삼나무 밥상에 올린다

멀리,
바람결에 떠 있던 배를 매고
반물치마 마주 보며 먹는 뭇국,
허벅허벅한 무속
수만 개 통점을 왜 몰랐을까

국그릇에 원망을 헹군다
덜 마른 치맛자락 스치는 손이
출렁거린다

조평자 _ 2019년 《시에》로 등단. 시집으로 『맨드라미 사진관』 등.

빗방울 못자리

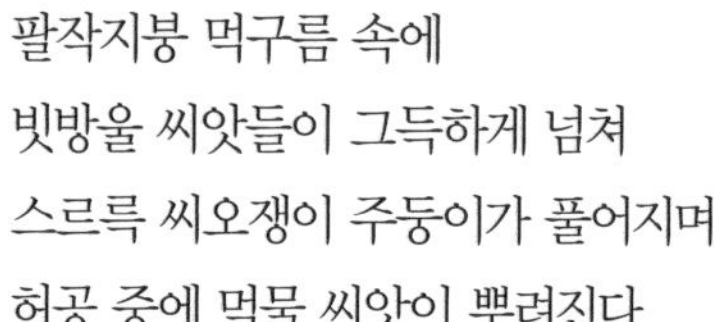

팔작지붕 먹구름 속에
빗방울 씨앗들이 그득하게 넘쳐
스르륵 씨오쟁이 주둥이가 풀어지며
허공 중에 먹물 씨앗이 뿌려진다

삐딱하게 섰거나 옆으로 누워 쉼표 마침표를 찍는다
흑임자 한 알, 혹은 서리태만큼 커진 것도 있다
둘이 얼싸안고 한 몸이거나
홀로 돌아앉아 웅크린 씨앗도 있다
허공은 농묵 담묵, 십인십색의 빗방울 못자리

툭, 툭, 후드득
허공 못자리에서 점점이 날리다 착지
능소화 벌린 꽃잎 속이건, 담장의 벌어진 틈새이건
내려앉는 곳 어디에서나 싹을 틔워
온통 물빛 세상,

서세옥의 「즐거운 비」 속으로 걸어간다

주경림 _ 1992년 《자유문학》으로 등단. 시집으로 『풀꽃우주』 『뻐꾸기창』 외 2권. 시선집 『무너짐 혹은 어울림』 『비비추의 사랑편지』가 있음. 한국시문학상, 중앙뉴스문학상, 한국꽃문학상대상 수상. 유유동인, 현대향가 동인.

두물머리에서

강물이
서로 만난다는 것은
너울지며 물결을 낳는 일이다

그 물결 속에서
수많은 생명이 꿈틀거리며
오늘과 내일을 이어주는 일이다

수면 위에
부서진 빛을 모은다

말없이 서 있는 나무들이
시시각각으로
내 어깨를 감싸주고 있다

진
명
희

진명희 _ 2000년 《조선문학》으로 등단. 시집으로 『풍경, 시로 짓다』 외 8권 발간. 충남문화예술상, 한국문학백년상, 충남문학대상, 충남펜문학상, 매헌문학상 등 수상. 충남문협 부지회장, 충남시협 사무총장, 충남펜문학 운영위원 등.

맨드라미 사진관

조평자 시집

변형국판 | 124쪽 | 값 12,000원

사랑과 연민이 미학이 되기까지

조평자 시인의 첫 시집 『맨드라미 사진관』은 슬픔과 고독, 존재론적 소외에 대한 시인의 날카로운 시선에서 탄생한다. 그의 첫 시집이 다소 늦게 탄생했듯이 조평자 시인은 허물어진 자리에 드러난 삶의 맨살을 집요하게 응시한다. 그러나 그 응시는 단순히 상실과 결핍을 기록하는 데 머물지 않고 잔여 위에 솟아오르는 새로운 의미의 가능성을 예민하게 사유하는 철학적 행위가 된다. 언어는 그 응시 속에서 흩어져 소멸되는 파도가 아니라 스스로 증식하며 끝내 불멸의 섬을 이룬다. 이렇게 모인 말들은 상실의 심연을 건너 우리에게 공감을 선사하고 희망을 열어젖히게 한다.   _출판사 서평

043-421-1977 | sbpoem@naver.com | http://blog.naver.com/siindn
(27001) 충북 단양군 적성면 도곡파랑로 178

시인동네

ㅊ~ㅎ

채재순	채종국	최바하
최수진	최영철	최윤정
최은수	최인홍	최지온
탁영완	하두자	하래연
하인혜	하헌주	한상대
한이나	허승희	허형만
허 훈	홍사성	홍성주
홍윤표	홍일표	황상순

채
재
순

머지않아

며칠 전 갈아놓은 다랑논에 물 들어온다
구불구불 봇도랑 타고 온 서늘한 기운
햇살 받은 논물 따스해질 무렵
개구리밥이 빽빽하게 오려나
찰랑거리는 논의 수면에
왜가리 날개 어른거리고
몇 개의 다랑논에 걸쳐
산 그림자 들어와 살림차린다
네가 내게로 와 자리하던 날
그 입김과 뼛속까지 뜨겁던 순간처럼
허공 지나는 것들까지 불러 모으는
물 댄 다랑논
적막이 살던 곳에
잔물결 갈피갈피 말문 열리고
야단법석 중인데
머지않아 누가 오려나
마음 허기진 봄날 오후 논둑길 따라
이를테면 막 피어난 흰젖제비꽃,
달맞이꽃 얼굴로

채재순 _ 1994년 《시문학》으로 등단. 시집으로 『집이라는 말의 안쪽』 외 4권. 강원문학작가상 수상.

물의 판화

채
종
국

흩어진 물방울이 상형문자를 그린다

순음이 입을 오므리고
후음이 동그란 집을 짓는다
누군가 풀잎에 걸어놓은 듯 물로 새긴 글씨
고립된 서로 다른 기호가
새로운 문장을 만들고 있다

물의 입술이 모여
맨 처음 이야기를 써나간 흔적
호흡 사이로 스며들 것만 같은
무색, 무취의 언어

지상에 없는 낯선 문장,
웅크린 원형의 말들이
당신을 찾고 우리를 읽는다

부서진 기호 체계의 파편
모든 생명의 서문을 써내려 왔을
목숨의 언어이자 생태계의 방언

물의 판화를 해독하는 밤
뼈 없는 갑골 문자가
지금 내 몸속에 기록되고 있다

채종국 _ 2019년 《시와경계》로 등단. 한국작가회의 회원. 현재 웹진 시인광장 편집위원.

소금시
물

최
바
하

마중물

주름이 숄처럼 걸쳐진 노모가 등을 말고 앉아 있다
무릎 위에 놓인 손가락엔 생채기 가득한 금가락지가 걸려있고
별안간 요실금이 올까봐 걱정인 얼굴엔 노을이 깔려 있다
화장실 가는 길이 두려워 물 마시는 것조차 참고 또 참으며
백수百壽의 시간을 침묵으로 보내고 있다

겨우 반절쯤 열린 한쪽 고막에 분무기로 물을 뿌려댔다
뻣뻣해진 관절을 지나 기저귀 속에 가려진 욕창을 확인한다
간신히 부드러워진 고관절을 세워
기어코 물 한 컵을 다 마시게 한 다음 문지방을 나섰다
어질, 목이 마르다

오랫동안 물기가 빠져나간,
푸석해진 내 심장에 파문처럼 먼지가 일어났다
노모의 주름 깊은 고랑 속으로 급히 떨어지던 물방울들,
어느덧 성급한 파도로 밀려와 밀물이 되었다

뜨겁고 메마른 시간,
쇳소리로 울리는 수도관을 지나온 그녀의 갈라진 고랑 속
흙구덩이 같은 내가
한 바가지의 마중물을 들고 길을 나섰다

최바하 _ 강릉 출생. 2025년 〈시와소금〉으로 등단. 시집으로 『거꾸로 자라는 버튼』이 있음. 현재 한국수자원공사 호호방문진료센터 책임간호사로 재직 중임.

폭포

물이 그득하오
눈에 들면 눈물
코에 들면 콧물이니
어딜 가나 물, 아니 든 곳 없소

저런, 그릇을 떠난 물은 곧 없어지니
어서 빨리 득음에 이른 자의 가슴에 넣어주오
그이의 단추를 잘 채워 간직하도록 하란 말이오
허나 마음에 든 건 진물일 것이매
그 역시 흘러야만 할 테요

쏟아지는 물줄기로 모처럼 귀를 뚫었소만
구멍마다 차오르는 물은 부족한 때 없으니
보시오, 이 모습은 꼭 폭포 같다오
그렇게 넘쳐야만 한다오

최
수
진

최수진 _ 2021년 《시와소금》으로 등단. 시집으로 「산채비빔밥과 몽키바나나」 「Mrs. 함무라비」 「뭄」이 있음. 표현시 동인. 강원작가회의, 한국산림문학회 회원.

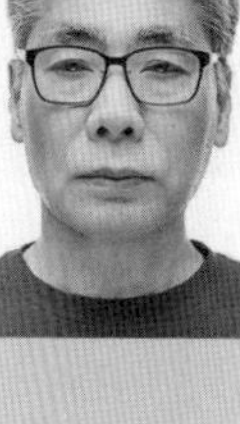

최
영
철

흐르는 물

한여름 개울이 내는 시원한 물소리
모난 돌 스치고 가느라 긁힌
물의 상처들이 내는 아우성이었네
아프다 아프다 내지르고 가는 물소리
내 미지근한 속이 다 서늘해졌네
한차례 비 뿌린 뒤
더 맑고 시원해진 노래
그 가슴팍에 발 담궜네

확성기 달고 골목 누비는
행상 아주머니 외침
칼잠 깨 듣고 있자니
구비구비 막다른 골목
세파의 굴곡을 타고 흐르다 여기까지 와서
순하고 구성진 한 자락 노래가 되었네

너무 평탄해서 흐를 수 없는
나 썩은 물
당기고 밀어주는
울퉁불퉁한 굴곡을 만나러 가네.

최영철 _ 1986년 한국일보 신춘문예 시 당선. 시집 『멸종미안족』 『금정산을 보냈다』 『찔러본다』 『일광욕하는 가구』 『그림자호수』 외. 산문집 『시로부터』 외. 백석문학상, 이형기문학상 등 수상.

목련 물티슈

새봄을 엎질렀다
재빨리 닦으려고 했는데
바퀴가 먼저 지나갔다
치마에 숱한 반점을 만들고 저만치 굴러갔다
고여서 슬픈 곳엔 다가가지 않겠다고 한
다짐은 자몽처럼 굴러가서 으깨어졌다
흙탕물 날씨가 꽃잎을 뒤집고
바퀴는 찢긴 잎새로 뒤범벅
재빨리 지우려고 나선 손가락에
목련잎 물티슈가 걸렸다
신이 나지막이 속삭이던 목소리로
봄은 녹슨 닻을 바닥으로 떨구고
물방울 서넛을 달고 물티슈
발목이 접질린 그림자 다시 푸드득
맘에 오그라져 붙는 순간의 힘으로
펼친 그림자의 봄을 안고서
반점 돋는 굉음의 담벼락
끼일 듯 말 듯 다시 길을 간다

최 윤 정

최윤정 _ 2014년 《작가세계》로 등단. 시집으로 「공중산책」 「수박사탕 근처」 「그는 세 뼘 옆에서 책을 읽습니다」 등이 있음. 대산창작기금 수혜.

소금시
물

최
은
수

별거 없어요

섬진강 어때요 물으면 글쎄요 다 비슷비슷하지요 말은 그렇게 건넵니다만 그런 말 하는 와중에도

눈앞에 긴 자를 펼쳐 지평선 둘레를 눈동자 하나에 담습니다 섬진강 안개와 지리산 봉우리, 봉우리와 구름, 구름과 산그늘, 산그늘과 그림자, 그림자와 자오선이 강바닥에 집을 짓고 부수지요 한낮을 건너느라 까매진 새가 붉게 태운 하늘을 노 젓는 곳, 나룻배가 포구에 다리를 걸치면 하얀 달이 서려 낮과 밤을 오독오독 씹으면 계절이 한 장 한 장 스쳐 가는 곳, 지리산 폭포를 맞은 물이 굽이굽이 손톱처럼 파고드는, 찬 얼음에 틀어진 빙설 아래 물의 살갗이 처연해지는 곳, 동여맨 머리를 풀듯 봄기운이 강물을 이고 매실향을 피우며 딸기를 먹던 새가 꽃잎을 떨어뜨리는 바위, 바위를 두 발로 디디면 머리카락을 훑는 바람이 수작을 걸듯 말 듯 신선처럼 지나가는 곳…… 이랄까요 그런 일이 종종 있습니다

최은수 _ 2021년 《시와세계》로 등단.

비 내리는 밤

내게로 오는 발자국 소린가
창문 열면
조심스레 지나가는 빗줄기

기다리는 눈빛인가
방문 열면
빗속에 홀로 서 있는 가로등 불빛

밤 깊어 돌아서는 몸짓인가
방을 나서면
꽃피워 담 넘는 줄장미 넝쿨

어디에도 없으면서 어디에나 가득한
비 내리는 밤

가슴을 두드리는 빗줄기
밤새 나를 깨운다

최
인
홍

최인홍 _ 1992년 〈문학세계〉로 등단. 시집으로 『그물코를 깁다』가 있음. 한국문인협회 강원지회 이사.

소금시
물

최지온

스노클링

    쉬지 않고 오리발을 내저었다. 물안경과 오리발, 스노클과 오리발, 마스크와 오리발, 움직일 수 있는 것은 오리발뿐이었으므로, 입으로만 숨을 쉬고, 눈으로만 구경하라고 했다. 물은 깊어졌다. 심술 맞게 투명했다. 모두가 물에 미쳐있었다. 서로에게 닿으려면 같은 호흡법을 익혀야 했다. 파손시 교환불가능입니다. 신 같은 오리발이었다. 오리발 없이는 치고 나갈 수 없었다. 물을 긋고 물을 구부리고, 물을 찢으며 물을 부추기며, 오기로 버티기보다는, 치고 빠지기를 잘해야 했다. 신보다 얼마나 가벼운지 생각했다.

최지온 _ 2019년 〈시로여는세상〉으로 등단. 시집 『양은 매일 시작한다』가 있음.

소금시
물

水기운 火기운

누군가 얼핏 지난밤 꿈에
질펀한 비 동아줄처럼 타고 왔다
언제 왔는지 빗소리를 덮고 내 꿈 당겨 눅눅히 자고
아침이면 아무도 몰래 물뱀처럼 내 방 빠져나간다
水기운 둥둥 떠다니는 내 꿈의 잔뿌리
한 번도 아니고 여러 번 그리 소리 없이 와서 자고는
아직 목 타는 수국에 물 주러 가는 그대
아마도 한참을 습한 우기雨期의 불火 삼킨 행성
끄지도 안지도 못한 채 소금쟁이 발 데지 않는 장화라도 구해 신고
넘치는 이생의 내川 불티처럼 건너야 할 것 같다

탁영완

탁영완 _ 1986년 《시문학》으로 등단. 시선으로 『녹색광선』 『황금왕관 솔새』 등 14권. 한국현대시협상. 부산시인협회상 수상. 한국문인협회 회원. 국제펜클럽한국본부 자문위원.

하
두
자

물 주름

비는 굵게 쏟아지고
빗줄기는 바람에 쓸리는 나뭇잎처럼 흔들린다
구름이 웅덩이 안에서 한바탕의 소란을 산다
비가 걸어간 자리마다 고이는 물비린내
황급히 혼자서 주워 담는 물의 주름은 젖은 눈빛을 만든다
밟히고 밟힌 물의 파문에 새겨진 조용한 보폭
당신이 떠날 때 모습과 흘러갈 내 모습이 만나 일렁인다
그날도 소나기는 참았던 울음처럼 뜨거웠는데
금방 동그라미와 동그라미가 쌓이며 길을 낸다
물방울이 흩어질 때마다 얼굴이 사라지고
지난여름 가라앉은 침묵에 잠시 솟구쳐 난 생각에 헛디딜 뻔 했다
증발하기 직전의 목록을 기록하는 물과 물의 경계
오늘의 밀려오는 당신은 끊임없는 물주름이다

하두자 _ 1998년 《심상》으로 등단. 시집으로 『불안에게 들키다』『프릴 원피스와 생쥐』『이별 뒤에 먼 곳이 생겼다』 등이 있음.

장마의 시작

하늘에서 생쥐가 도망쳤다
맨홀로 도랑으로 꼬리가 돌아다닌다
켕켕 고양이들이 따라와 지붕에 착지했다

물받이 홈에 고이는 줄줄 투명한 발톱

멀어져 가는 눈으로
비의 귀에 낙타 털을 꿰는 동안
수천 개 바늘은 빗나만 가다
이내 빛나간다

밤이 뚫린 모자를 통째로 내려놓는다
아쉬움을 버리기는 아쉽다
모자에서 체리 알들 알알이 굴러떨어져
세포마다 한 알씩 감금하면
갈망이 저기서 우산을 쓰고 기다린다

이윽고 방만해진 바늘귀는 화득
불 켜지는 방만큼 커진다
생쥐 꼬리 꿰어 먹음직한 옷을 짓는다
알알이 터지는 체리 진한 웃음
아 달다

하래연 _ 2025년 〈시와소금〉으로 등단. 산문집으로 『양들의 친목』이 있음.

물의 책

첫 울음은 물이었다
태내의 바다가 나를 세상 밖으로 밀어 올리고
물의 숨결로 비로소 땅에 닿으니
몸에는 보이지 않는 강이 흘렀고
핏줄마다 미세한 기억의 입자들을 실어 날랐다

나는 물로 쓰인 삶의 문장들을 읽기 시작했지만
이내 번지고 희미해지다 덧없이 사라져갔다

흠뻑 젖어 서로 들러붙은 삶의 낱장들은 속절없이 찢어지곤 했기에
차마 넘기지 못하고 바람에게 맡겨두었다
시간은 무심하게 페이지를 넘기고 또 넘겼다
상처가 마른 자리에는
하얀 소금꽃이 서리처럼 피어났다

흐름의 끝은 새로운 시작과 맞닿아 있다
마지막 숨 또한 물이려니
오직 물결의 무늬로만 읽히는
한 권의 책이 된다

하인혜 _ 2002년 동아일보 신춘문예로 등단. 2021년 《에세이문학》 추천 완료. 작품집으로 「눈 깜짝할 사이에」 외. 대전일보 문학상 수상.

물의 추억

소금시
물

하
헌
주

곳곳에 물기가 없다. 그나마 새 공책을 펼칠 때, 갱지 같은 물이 더 낮은 곳으로 줄기를 바꾸고 있을 뿐. 나는 물 밖으로 반쯤 드러나, 까슬까슬한 물수세미 같았다. 등굣길 제자리에 오래 서 있던 나무들이 가끔 말을 걸어오기도 하였지만.

용두산 넘어 쓸쓸하고 딱딱한 자갈길을 갈지자형으로 가파르게 내려가면. 물살, 물의 살과 만난다. 허겁지겁 옷을 벗고, 물회오리를 따라 나를 밀어 넣는다. 물이 핏빛으로 변하는 동안, 아무도 나를 부르지 않았다.

물은 밀어내는 힘이 있다. 눈물처럼 밀려 나온 것들을 가만히 닦는 시간. 나무들이 물 위로 드러눕는다. 어쩌면 물속에 뿌리를 내리고 싶을지도 모른다. 슬픈 눈동자를 숨기듯, 끝내 마르지 않던 물, 한 방울이 있었다.

하헌주 _ 계간 《시와사람》으로 등단. 서울예술대학교 문예창작과 졸업. 밀양문학회 회장, (사)경남작가회의 이사. 경남신문 사외 칼럼니스트, 공저 『밀양문학사』 외

첫 숨

양팔은 젖은 깃발처럼 쳐지고
몸은 혹등고래의 몸통처럼 느려졌다

수영장 밖을 나서는 길
막 귀환한 우주인처럼
딛는 다리가 풀렸다

한 번의 리커버리조차 힘겨워졌을 때
비로소 몸이 떴다

한 톨 소금 바다에 빠져
바다가 되었듯이
물처럼 힘을 놓아야
비로소 살 수 있었다

뜬구름처럼 잡히지 않던
물도 그제야 손에 잡혔다

물과 싸우지 마라

그 단순한 진리 속에서
첫 숨이 터졌다

한상대 _ 2024년 〈연인〉으로 등단. 시집으로 『벼름빡 아고라』가 있음. 달빛문학회, 달무리동인 회원. 35년째 외근경찰 재직 중.

침향

물에 묻은 나무
천 년 흘러 어둠빛 향으로 고이더니
다시 숨을 쉰다

죽었던 나무의 몸에서 피가 돌아
목숨을 싹 틔우는
환생의
베어진 향솔 상처의 저 생살,

꿈꾸며 견뎌온 물속의 시간과 향기의 시간을
몸에 새겨진 물의 지도를
가물거리는 기억의 한 끝을 붙잡고, 천신만고

머무는 꽃도 새도 바람도
물의 지도에 추억물결무늬 영혼의 향기를 보탠다

살아있는 것들은 따듯하다

한이나

한이나 _ 1994년 〈현대시학〉으로 활동 시작. 시집으로 『물빛 식탁』 『 플로리안 카페에서 쓴 편지』 『유리 자화상』 등 7권. 시선집 『알맞은 그늘이 내가 될 때』가 있음. 서울문예상 대상, 한국시문학상, 대한민국시인상 대상, 영축문학상, 내륙문학상 수상.

물손

기장 갯가 바위틈에서
까만 고무 옷 벗던 노파
귀퉁이 헤어진 테왁 내려놓고
문어 전복 든 망태기 내민다

해녀 할매 갈라진 손바닥에
주저앉아 있는 슬픔
물결 위에 업혀 간 뼈와 살들이 까마득하다
바닷가에 몰려와 모래성 쌓는 아이들 보며
언젠가는 꽃눈 틔우리라 믿었지만
빈 밥그릇 하나 챙긴 물갈퀴 손

유월 한낮
사람들은 저마다의 초침으로 흘러가고
노파 곁에 활짝 핀 해당화 한 송이
수심 향해 목을 내민다

허승희 _ 2022년 〈시와소금〉으로 등단. 시집으로 「고등어 눈」 「새는 언제 날개를 접는가」가 있음. 에세이문예 작품상, 새부산시인협회 작가상 수상.

江

들리니? 랩을 읊조리며 몸 흔드는 소리
보이니? 우리 세대에겐 낯선 낮은 목소리

한때는 불꽃, 나의 이마에 닿는 순간 녹아내린 눈송이
그래서 지상은 아름다웠다고 말하고 싶었는데
또 한때는 별, 나의 눈동자에 푸른빛으로 박힌 보석
그러나 빛살은 늘 내 몸만 훑고 지나갔지

안녕? 안 돼! 소리쳐 봐도 늘 랩 같은 저음으로 깔리고
조명은 늘 나의 조용한 안무를 비껴갔지
생이란 그런 거라고 머리를 서쪽에 대고 속삭이는 풀잎들

사랑이란 허공 같은 바다를 향해
온몸을 비워간다는 걸 흐르며 비로소 알게 되었지

소금시
물

허형만

허형만 _ 1973년 《월간문학》으로 등단. 시집 『영혼의 눈』 『황홀』 『바람칼』 『만났다』 등 20권. 중국어 시집 『許炯
萬詩賞析』 일본어 시집 『耳な葬る』 한국시인협회상, 영랑시문학상, 편운문학상, 공초문학상 등 수상. 한국가톨
릭문인협회 이사장 역임. 현재 국립목포대학교 명예교수.

허
훈

말의 말

방금 땅속 미로를 헤치고 나온 아이

나를 길들이려 하지 마세요
천방지축 팔랑대는 연두 잎들의 동무도 되고
지난겨울 이겨낸 소나무 아저씨의 상처도 만지고 싶어요

나는 어디나 갈 수 있는 촉촉한 속삭임

생수다 오염수다
이름표도 붙이지 마세요

이 골목 저 골목
담장 낮은 집들
서러운 사람들의 몸속에서 같이 울기도 하고

온 세상 날아다니는 숨결이 되었다가

비쩍 마른 들이 비듬 피는 것 같은 날
세찬 비로 다시 오고 싶어요

허 훈 _ 2025년 《시현실》로 등단. 공저로 포시럽동인지 『천년부리질』이 있음. 대진대학교 공공인재대학 학장 역임.

나는 물입니다

차면 얼고
뜨거우면 끓습니다
둥근 잔에서는 둥글고
네모 그릇에서는 네모가 됩니다

높은 곳에서는 낮은 곳으로 흐릅니다
오래도록 땅속에 숨어
말없이 견디기도 합니다

그러나 가끔은
천지를 뒤엎기도 합니다

그리고 다시
물 흐르듯 흘러
끝내는 바다에 이릅니다

누구는 맹물 같다고 비웃지만
상관하지 않습니다

나는
물입니다

홍사성 _ 2007년 《시와시학》으로 등단. 시집으로 『내년에 사는 법』 『고마운 아침』 『터널을 지나며』 『샹그릴라를 찾아서』가 있음.

물도 날을 세운다

오른쪽으로 걸었어
우측통행이라잖아, 무작정
물에도 오른쪽이 있을까
한쪽을 누르면 반대편이 출렁거려
반대편이 잠잠하면 다른 쪽이 일렁이지

열 길 물속 알아도 한 길 사람 속은 모른대
사람 속이 천 길 물속이라 모르는 게 당연하지
맹물처럼 환하면 속속들이 속을 본 듯
속물들이 물그림자에도 달려들어
참하다고 맑다고 깔보면 베이는 거야

저 좋자고 애먼 입에 물 먹이진 말아야지
품다 못해 삼키면 터지기도 하는 걸
낮은 데로 흐른다고? 천만에 낮은 데로 파고드는 거야
물이 날을 세운다 새초롬히
물이라고 물로 보면 다쳐

홍성주 _ 충북 청주 출생. 2024년 《시와소금》으로 등단. 수필집으로 『바람이 두고 간 풍경』이 있음.

물안개길

미세분자 물안개는 때를 가리지 않았다
호수가 곳곳에 조성된 지역
내포 지방에 그 유적을 남겼지
안개가 자욱한 밤길 아침길
백내장이 자욱한 길이다

운전하기가 신경이 쓰였지
시야가 물안개로 희미한 거리
운전하며 속도 줄이고 말도 줄인다
그럼 침묵이지

말이 많으면 본심이 태어나듯
침묵으로 안갯길을 살펴 가라 이른다
어눌한 2차선 지방도
사고 없이 성공적으로 도착하라 이른다

지나친 폭염 기후에 접시꽃이 필 때면
자욱한 물안개 길이 펼치면
곳곳에 농업용 수리 삼교천은 침묵이다

홍 윤 표

홍윤표 _ 1990년 《문학세계》로 등단. 시집으로「겨울나기」「학마을」「당진시인」「벌수지 아리랑」등 25권. 충남도문화상, 충남문학대상, 한국농민문학상, 정훈문학상 등 수상. 한국문협자문위원, 국제펜한국본부이사, 한국시인협회원, 현대시인협회 이사, 충남시인협회 이사, 충남문협 자문위원, 당진시인협회장.

홍
일
표

저수지

  대책 없이 큰 눈알이다 온종일 글썽이는 눈망울이다 몇몇 낚시꾼 하
루 종일 쪼그리고 앉아 물을 읽고 있지만 고작 물의 살점 몇 조각 떼
어가질 뿐이겠지만 차갑게 식은 저녁의 몸 안에 수백 번 죽어 깊고 아
득해진 누군가의 노래가 있다

  밀봉되었던 물의 살가죽이 갈라지고
  이따금 새들이 우편엽서처럼 날아오르는 곳

  마른 밭을 갈던 노인의 등 뒤에서 봄은 연신 나동그라지고
  너무 깊어 손 닿지 않는 당신의 표정처럼
  나는 여전히 가장 먼 아침인 것

  논두렁이 꿈틀, 자운영이 붉게 엎질러지는 순간

홍일표 _ 1992년 경향신문 신춘문예로 등단. 시집 『매혹의 지도』 『밀서』 『나는 노래를 가지러 왔다』 『중세를 적
다』 『조금 전의 심장』과 평설집 『홀림의 풍경들』 산문집 『사물어 사전』 동시집 『괴물이 될 테야』 등. 지리산문학
상, 올해의좋은시상, 매계문학상, 천상병동심문학상 수상.

물벼룩 창세기

먹장구름을 불러 잠시 비를 내리게 하시니
가시연 넓은 잎 위에 물방울 세계가 만들어지도다
손 한 번 저어 휙, 바람을 일으키시니
작은 물방울들은 뭉쳐져 하나의 큰 물방울 세상을 이루도다
연잎 아래와 연잎 위의 세상을 새로 만드시고
저녁이 되고 아침이 되니
연잎 위 물방울 세상 속에 물벼룩이 가득 번창하도다
이곳을 벗어나면 가없는 우주에 이를 수 있으련만
물의 장막이 벽돌 감옥 보다 더 견고하구나
이를 긍휼히 여겨 이르시되
천하의 물은 한곳으로 모이고 뭍이 드러나라,
하시니 그대로 되니라
물의 감옥을 벗어난 벼룩은 크게 기뻐하며
푸르고 깊은 못으로 잽싸게 뛰어들었다 하더라
그 이상도 그 이하도 아니니라
구름을 지나는 달처럼
자애로운 영은 수면 위를 조용히 운행하시니라

황 상 순

황상순 _ 1999년 〈시문학〉으로 등단. 시집으로 「어름치 사랑」 「사과벌레의 여행」 「농담」 「오래된 약속」 「비둘기 경제학」 등이 있음.

■ 시와소금 시인선 · 143

문희숙 시조집

사랑은 주소 없이도 영원히 갈 집이다

문희숙_경남 밀양시 삼랑진 출생으로 국립 창원대학교 국문과 및 동 대학원을 졸업했다. 1996년 중앙일보 지상 백일장으로 등단했으며, 시집으로 〈짧은 밤 이야기〉〈둥근 그림자의 춤〉 등이 있다. 공저로 〈길 위의 길〉 외 연구서 1권이 있으며, 오늘의시조회의 젊은시인상, 통영문학상, 열린시학상, 시조시학상 등을 수상했다.

　밀양강에 연어가 돌아오고 강기슭에 병꽃 피듯 마침내 시인도 고향으로 돌아왔다. 이방의 오랜 외로움과 고단했던 마음의 빈 터에, 비바람 눈보라가 다시 깃을 들이며 도반처럼 함께 늙어갈 것이다.

　유년의 "얼굴을 가린 시간"(「그래도 섬꽃」) 속으로 "한 다발의 발자국"(「연붉은 날들」)을 약속처럼 내딛기 만만치 않을 것이지만, 시인은 삶의 '사냥꾼', 어머니 살다 가신 곳에서 더 큰 어머니 같은 고향의 무릎을 베고 고픈 오늘을 살아낼 것이다. 비밀한 볕이 앞서가는 옛길을 따르며, "아무도 건너지 못한 바닥 모를"(「물길」) 물소리를 온몸으로 굽이치며, 시인은 살아갈 것이다.

　"동굴 안 뿌리 없는 종유석처럼"(「그래도 섬꽃」) 가파른 시조 쓰기를 "접시에 불을 놓"(「화양연화에 부치다」)는 생의 내밀한 위안으로 삼으며, "얼음보다 붉"(「아리랑 밀양」)은 모든 날을 살아남을 것이다. 하여, 불면의 "관절들이 혼을 우려 종을 칠 때"(「불면에 관한 기록」)마다 또한 "뒷문 밖 낭하를 깁는 슬픈 거미 한 마리"(「뒷문 밖에는」)를 만나게 되지 않을 것인가.

– 박명숙(시인)

 • 24436 강원도 춘천시 충혼길20번길 4, 시와소금 | ☎ (033)251-1195, 010-5211-1195
• 전자주소: sisogum@hanmail.net | 다음카페: http://cafe.daum.net/poemundertree

시조

공화순	권정희	김민정
김석이	김양희	김연동
김영주	김일연	문희숙
박명숙	박홍재	박화남
백이운	서관호	서석조
서정화	설상수	오승희
유선철	이남순	이명숙
이은주	이종현	이창규
임영석	장영춘	정현숙
조명선	최옥자	하순희
한영례		

수용성 체질

오래전 내 호흡을 부드럽게 감싸주던
따뜻한 그곳을 어디에서 찾을까요
날마다 바다를 담가요
물의 뼈를 맞추죠

아무리 출렁여도 쏟을 수 없는 바닥
민낯을 보여줘도 당신은 없군요
적시고 씻어준다면
그래요, 참을게요

가끔은 무거워서 덜어내고 싶었지만
속을 다 채우고서 모든 걸 허락하죠
파문에 빠져듭니다
이대로 녹아버려요

공화순 _ 2016년 《시조문학》으로 등단. 시집으로 『나무와 나무 사이에 모르는 새가 있다』 등. 2024년 이호우
이영도 문학상 신인상 수상.

소금 시조
물

강가에서

얼굴이 수면에 닿을 듯 말 듯했다
물 안팎이 마주 보며 함께 흔들렸고
한 번도 눈부신 적 없는 바람이 지나갔다
생이 자꾸 어딘가로 흘러가려 했을 때
먼저 닿는 그리움처럼 그곳에 가 앉으면
물속은 나를 지나고 나도 물속을 지났다
허락한 만큼만 아파하란 뜻일까
툭툭 부러지는 슬픔의 마디들이
물고기 등 비닐처럼 일렁이며 흩어졌다
저녁의 허기 같은 발걸음을 돌릴 때면
부서져야 닿는 데가 있다는 것처럼
강물이 몸을 뒤척이며 나를 보고 있었다

권정희

권정희 _ 2015년 《시와소금》으로 등단. 시집으로 『별은 눈물로 뜬다』 『배롱나무 편지』 『사과나무 독해법』이 있음. 광진문학상 시조대상, 천강문학상 시조대상, 한국시조시인협회 신인상 등 수상.

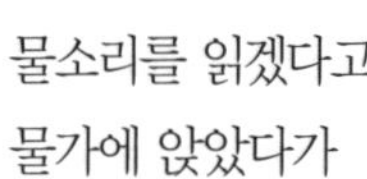

들었다

김
민
정

물소리를 읽겠다고
물가에 앉았다가

물소리를 쓰겠다고
절벽 아래 귀를 열고

사무쳐 와글거리는
내 소리만 들었다

물의 음계

금이 간 밑바닥도 감싸안고 흐른다

버티고 선 바위도 곡선으로 달랜다

낮은 곳
스민 손길에
올라가는 삶의 계단

김
석
이

김석이 _ 2012 매일신문 신춘문예 시조 당선. 시조집 「심금의 현을 뜯을 때 별빛은 차오르고」 외 3권. 동시조집 「빗방울 기차여행」이 있음. 천강문학상, 중앙시조 신인상 수상.

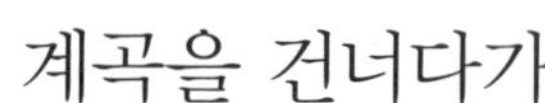

계곡을 건너다가

김
양
희

큰물에 휩쓸린
돌탑들 일어납니다

큰 돌이 작은 돌을
선 돌이 앉은 돌을

서로가 일으켜 세워 다시 우뚝 섭니다

물발질이 주저앉힌
무릎도 일어납니다

담자색 후회도
취람빛 서늘함도

도마뱀 긴 꼬리처럼 뚝, 끊어 버리고

김양희 _ 2016년 《시조시학》으로 등단. 2019년 《푸른 동시놀이터》로 동시조 등단. 시조집으로 『넌 무작정 온다』 『제라하게』가 있음. 정음시조문학상, 중앙시조신인상 수상.

강물 소리 또 어쩌랴

김
연
동

노을도 지쳐 떠난 가을 하늘 바라섰다
슬픔 한 점 머물 곳 없이 환한 머리맡을
바람아 불지 말아라
구름 몰고 오지 마라

중병처럼 짙어 오는 우수일랑 접어버리고
전신을 옥색 물에 옥죄고 싶다마는
발치에
무수히 찢긴
강물소리
또 어쩌랴

김연동 _ 1987년 경인일보 신춘문예 당선 등으로 등단. 시조집 「낙관」「노옹의 나라」「그런 날 그런 꿈」 외 다수.
중앙일보 시조대상, 가람시조문학상, 이호우 · 이영도시조문학상 등 수상. 경남문인협회 회장, 오늘의시조시인회
의 의장, 경남교육연구정보원장 등 역임.

김 영 주

물의 화엄

한바탕 소용돌이 휩쓸고 간 모래톱에
깨진 병조각이 시퍼렇게 꽂혀 있다
누구든 스치기만 해도 살을 쓰윽 벨 기세로

파도는 너른 품으로 보듬었다간 돌아서고
눈물을 삼키면서 보듬었다간 돌아서고
제 혀를 자꾸 베이며
끌어안고 핥아준다

그렇게 숱한 날들이 지나고 또 지난 후에
너울도 닳아져서 지쳐 그만 잦아든 후에
그제야 날끼을 다 버리고
둥글게 내주는 몸

김영주 _ 2009년 《유심》 시조 등단. 2016년 《푸른동시놀이터》 동시 등단. 시조집 「미안하다, 달」 「오리야 날아라」 「다정한 무관심」과 선집 「뉘엿뉘엿」이 있음. 동시집 「콩 심은 데 콩 난다고?」가 있음. 중앙시조대상 신인상 수상.

물꽃

그저
여울인 것을
바위인 당신 만나

일말
주저 없이
산산이도 부서져

당신을 감싸안으며
나를
꽃피웁니다

김일연

김일연 _ 1980년 (시조문학)으로 등단. 시집 「명창」 「엎드려 별을 보다」 「깨끗한 절정」 등. 시평집 「시조의 향연」이 있음. 고산문학대상, 유심작품상 등 수상. (시조튜브) 대표.

문희숙

물

무반주 그레고리안 성가처럼 흘러든다
둘레를 깎아내고 모난 돌을 다스리는 힘
전신에 솟아오르던 바위, 다시 삭아 평원이다

문희숙 _ 1996년 중앙일보 지상백일장 연말 장원으로 등단. 시조집으로 『짧은 밤 이야기』『사랑은 주소 없이도 영원히 갈 집이다』 등이 있음. 이호우이영도 문학상, 통영 김상옥 문학상 등 수상.

다시 회룡포에서

삶이 날 감돌다가 쇠비늘을 입은 듯이

몸뚱이 번쩍이며 물굽이를 틀고 가다가

갑옷을 철걱대면서 시퍼렇게 일어나듯이

박명숙 _ 1993년 중앙일보 신춘문예 시조 당선. 1999년 문화일보 신춘문예 시 당선. 시집 『어긋나기』 외 다수.
중앙시조대상 등 수상.

소금 시조
물

박
홍
재

첫 물 뜨다

밤하늘 별빛 달빛 이슬방울 품어 안은
동네 우물 첫 손님은 흰 수건 엄마였다
드므에 첫물을 붓던
시원하던 그 소리

어둠을 걷어내고 새벽을 열던 그곳
이고 오며 찰방찰방 그려 놓은 담장 아래
어머니 발걸음 자국
물맛 보러 고향 간다

박홍재 _ 2008년 〈나래시조〉로 등단. 시조집 『말랑한 고집』 『바람의 여백』 『핑계에도 거리가 있다』와 여행 에세이집 『길과 풍경』이 있음.

눈물

몸속에 출렁대는 그 많은 물 중에서

눈으로 흘려보낸 건

한 대접이나 될까

슬픔을 대접할 줄 몰라

오늘도 나는 짜다

박화남 _ 2015년 중앙신인문학상 당선으로 등단. 시조집으로 『황제펭귄』 『맨발에게』가 있음.

물

바위가 막아서면 그 바위 돌아 흐르고

큰물이 덮쳐오면 그 등에 얹혀서 간다

흐름이 멈춘 뒤에야 큰칼을 벗는 운명.

흐르는 물이라고 뼈 없는 것은 아니다

흐름을 그쳤다고 물 아닌 것은 아니다

누구나 큰칼을 벗을 즘엔 물이 한번 뒤집히리.

백이운 _ 1977년 《시문학》 추천완료로 등단. 시조집 『고요의 순간들을 무엇으로 살았는가』 외 7권. 한국시조작품상, 이호우시조문학상, 유심작품상 수상. 현재 한국시조시인협회 고문.

물거품

시냇물 소용돌이 들여다 보노라면
바위를 떨치느라 바쁘고 바쁜 물살
그 위로 연신 피었다 사라지는 물거품.

시냇가 풀꽃들도 어느덧 지고 있다
하늘에 찬란하던 무지개도 사라졌다
이 세상 거품 아닌 게 있더냐고 묻는 듯.

서
관
호

서관호 _ 2002년 《현대시조》로 등단. 시조집으로 『낙동강, 그대 앞에서』 등 20여 권. 성파시조문학상 외 다수. 부산시조시인협회장 역임. 《어린이시조나라》15년 발행.

서
석
조

황산잔도 아래, 물

물은 왜 여기에서 넓어지고 깊어지나
잔도를 들여놓고 불가측 농울치며
저 들판 달맞이꽃이 가뭄에 타든 말든

서울 가고 부산 가듯 반공에 나래 펴고
휘적여 하롱대는 왕버들 목만 축여
청람에 싱싱할 거나 기차도 목이 쉬는데

다리품을 그냥 놓고 물목이나 간질여라
살랑이는 바람결에 우줄우줄 모인 물
모여서 푸르기만 한 그냥 그냥 물뿐인 물

서석조 _ 2004년 《시조세계》로 등단. 시조집으로 『매화를 노래함』『바람의 기미를 캐다』『돈 받을 일 아닙니다』
『사진첩』과 현대시조 100인선 『각연사 오디』가 있음. 경남문학우수상, 한국해양문학상, 서정주문학상, 경남시조
문학상, 시조시학상 등 수상.

유령그물

서
정
화

그물코에 끼인 채 발버둥치는 물고기
비명소리 쫓아가 뛰어드는 물고기 떼
겹겹의 유령그물이 비명으로 뒤엉킨다

게딫과 자망에 걸려 붉게 우짖는 바다새
손을 쓸 새도 없이 쓰레기와 썩어가는
거대한 무덤이 되어 악취 속을 떠다닌다

날카롭게 날을 세운 독기들로 가득한
밑바닥 속속들이 파고드는 폐그물
바다의 아픈 유령이 긴 자락을 끌고 간다

* 유령그물 : 어선에서 버리거나 유실된 어망

서정화 _ 2007년 〈나래시조〉로 등단. 신인상. 시집 『3D 렌티큘러』 외 4권. 시조 선집으로 『숲 도서관』이 있음.
서정시학 신인문학상, 한국예술작가상 평론 수상.

설
상
수

하단포구

물빛이 눈이 부신 노을 닮은 포구였다
허연 갈대 노사공이 찬거리 장만하고
아릿한 고깃배 몇 척 수채화로 걸려 있는

번지 잃은 물새가 가을볕에 조는 동안
도시의 떨켜같이 살얼음을 걷는 어부
빌딩 숲 피뢰침 위로 회색빛 놀이 진다

아지매 재첩 동이 펄펄 뛰는 숭어 떼도
하굿둑 수문 아래 전설로 잠겼으니
강물도 목줄에 감긴 채 꾸역꾸역 흐른다

설상수 _ 2016 오누이시조 신인상, 〈부산시조〉 신인상 등단. 시집으로 『푸른 갈증』 『산빛 닮고 풀꽃 닮은』이 있음. 2018 을숙도문학상 수상. 오늘의시조시인회의, 부산시조시인협회 회원. 〈시목〉 동인.

달항아리와 푸른 절벽

곁에 강을 두기로 했다
흘러가도 좋겠다

멀리 섬이 되고 싶다
아무도 헤집지 않는

가끔은 안부도 없이 오고 가도 괜찮겠다

오승희 _ 2013년 《유심》으로 등단. 시조집으로 『슬픔의 역사』가 있음.

유선철

달 반 물 반

모두 다 안으려고
허리 낮춘 물의 마음

더 멀리 비추고자
높이 솟은 달의 마음

두 마음
하나가 되어
호수는 달 반 물 반

나 이미 나를 잊고
너 또한 널 떠났으니

천 갈래 만 갈래
물비늘로 부서져도

이승의
한 모퉁이가
환히 밝아서 좋아라

유선철 _ 2012년 경남신문 신춘문예 시조 등단. 시조집으로 『찔레꽃 만다라』 『슬픔은 별보다 많지』가 있음. 천강문학상, 오늘의시조시인상, 정음시조문학상 수상.

그대, 뒷모습

아득타, 저 먼 물길 사위는 달빛 너머

못 잊어 강물이랑 그렁그렁
밀고 온 이

꽃당혜 어디서 잃고
맨발인가 저 붉은,

이
남
순

이남순 _ 2008년 경남신문 신춘문예 당선. 시집으로 「이녁이란 말 참 좋지요」 외 다수. 김상옥시조문학상 등 수상.

이
명
숙

저항하는 물

이름 서로 달라도 낮은 곳으로 흐른다
높은 당신은 말고 갈라진 입술 위하여
세상에
주문을 건다
아픈 물을 위하여

물 사랑 슬로건은 내일의 문장이다
물을 위한 선택은 투명을 위한 약속
당신은 역류하는 물,
꽃잎 한 장 띄우고 묵념

쓸모를 잃은 이여 버리고 싶은 이여
희고 작은 물방울은 연두와 연대한다
배웅물
한 사발로 떠나는
숨죽인 당신 추모하면서

이명숙 _ 2014년 영주일보, 《시조시학》, 2019년 《문학청춘》 시, 2019년 《한국동시조》 등단. 시조집 『썩을.』『튤립의 갈피마다 고백이』와 현대시조 100인선 『강물에 입술 한 잔』 시집으로 『수식은 잊어요』 시조시학 젊은시인상. 제주문화예술재단 문예창작지원금 2회 수혜.

소금 시조

물

물의 머리

물 따귀를 맞았는지 코피가 팍 터졌다

숱 많은 갈기처럼 물도 놀라 펄쩍 뛰었다

잔물결 흥얼흥얼대도 날달걀 같은 물껍데기

남실남실 넘어올 땐 다 받는 자동문이더니

다이빙으로 들이닥치자 벽을 치는 단단한 물

유동적 문전박대 말고 물들아 머리 들어라*

* 시편 24편 7절에서 인용

이은주

이은주 _ 2014년 《시조시학》으로 등단. 시조집 『섭섭한 오후』가 있음.

물과 분수噴水

이
종
현

컵을 향해 내려앉은 커피포트의 물을
내 손에 움켜쥐고 파문을 다독다독
빗금진
뒤척인 하루
침묵에 젖어든다

아래로의 흐름을 도리질한 저편에서
거꾸로를 꿈꾸며 하늘로 뿜어대는,
공원의
분수噴水를 찾는
발걸음 잦아졌다

이종현 _ 2023년 경남신문 신춘문예 시조 당선. 시조집으로 『아내, 활을 쏘다』가 있음.

비등점

석 자만 흘러가면 스스로 맑아진다는
물 위를 걸어와서 세월을 구원했을까
발목이 젖은 사내가 게송을 읊조리네

벼르던 제사상에 물밥도 못 올린다는
일상의 결핍 앞에서 신은 자유로울까
불콰한 노을빛으로 내가 나를 끓인다

이창규 _ 2015년 농민신문 신춘문예로 등단. 시조집으로 『일몰관』 『볼 붉은 저녁』이 있음. 이호우 이영도 시조
문학상, 신동문청주문학상 수상.

물의 집

임
영
석

강물이 아래로만 흐르는 게 아니었다
물들의 날개 같은 구름을 바라보면
하늘의 한가운데에 물의 집을 짓는다

꽃 속의 향기 같은 빗방울을 품에 품고
달무리를 만들어서 허공에 걸어두면
어둠의 깊은 뿌리가 물의 꽃을 피운다

오늘은 칠월칠석 까마귀가 날아가서
물의 집 위에다가 오작교를 만들지만
견우와 직녀 가슴에 가는 길이 따로 있다

이 세상 물이 모두 흐르다가 가는 곳은
별 총총 닦아놓고 해를 반짝 닦아놓고
물의 집 꿈의 바다에 등댓불로 서 있다

임영석 _ 1985년 《현대시조》로 등단. 시집 「이중 창문을 닫고」 외 다수. 시조집 「배경」외 다수. 시조선집 「고양이 걸음」과 시론집 「미래를 개척하는 시인」이 있음.

물은 묻지 않는다

소금 시조
물

물은 어디서 와서
어디로 가는지

길을 묻지 않는다, 하염없이 흐를 뿐
어디든 머물지 않으며 뒤돌아보지 않는다

바위는 돌아가고
햇살은 품어 안고

그저 낮은 곳으로, 자신을 비우며
흐름 속 스스로 길을 만들며 지난다

우리 또한 물이다,
과거를 지우고

미래의 본질조차 읽을 수 없으니
고요히 멈추지 않고 끊임없이 흐른다

장영춘 _ 2001년 〈시조세계〉로 등단. 시집으로 「쇠똥구리의 무단횡단」 「어떤 직유」 「단애에 걸다」 「달그락, 봄」 과 시선집으로 「노란, 그저 노란」이 있음.

장
영
춘

물, 아버지

정
현
숙

내 생의 첫 인연도 물의 원자 이었으리
아버지 어머니의 양자물리학 덕으로
수궁을 헤엄쳐 나와 별과 달을 보았으니

무논을 화폭 삼아 붓을 든 아버지는
바닥이 말라가자 푹 수그린 작물 앞에
자극한 눈물샘 그렁 돌려댔으리, 수차를

물에서 출발하여 다시 물로 가는 시간
까마득 영혼 하나 별자리로 옮겨 앉아
어머니 그 어머니의 품에 안겨 울었을

정현숙 _ 1990년 《문학세계》, 1991년 《시조문학》으로 등단. 시조집 「아침 우포」 「유모차와 해바라기」 외 다수. 성파시조 문학상, 부산문학상 본상, 한국시조시인협회장상 등 수상.

흐르는 것이 다 그리움은 아니다

강가에서 물수제비 날린다 하나, 둘, 셋, 넷
담방담방 건너뛰어 또 몇 번을 하나, 둘, 셋, 넷
저만치
물결로 번져
흐르잖고 깊어진다

지난해 부르던 그 노래가 아니어도
지난해 들끓던 그 마음이 아니어도
고요 속
흔들려 오는
그대 젖은 뒷모습

아득한 거리에서 더러 손짓도 하겠지만
여태껏 한 걸음도 흐르지 못했다
깊어져
흐르는 것이다
그리움은 아닌가 보다

조명선 _ 1993년 《월간문학》 시조 당선. 시집 「하얀 몸살」과 현대시조 100인 선 「3×4」 「동인시영아파트는 이
제 없다」가 있음. 대구시조문학상, 전영택문학상, 대구의 작가상 수상.

냇물은 위로 흐르지 않는다

냇물은 흐르면서
스스로
길을 낸다
앞을 막은 바위도
물러나지 않고 간다
미련도
부딪힘까지도
온 산하 품고 간다

억지로는 어찌 가랴
높은 벼랑
비켜서서
햇살 드는 이랑으로
풀잎 하나 물고 간다
굽어진
길도 껴안아
돌아서며 갈 줄 안다

최옥자 _ 1993년 〈시조문학〉으로 등단. 1996년 캐나다 신춘문예 한국일보 시조 당선. 시조집 『푸른 바람』 『툰드라의 아침』 『하얗게 지우고픈 그대의 먼 이름은』이 있음. 성파시조문학상, 가톨릭문학상 본상, 문심문학상 대상 등 수상.

생명의 보금자리 덕천강

지리산 고향 산청 푸르게 적셔주며
가림없이 스며들어 만물을 길러내는
맑은 길 스스로 여는
온 생명의 어머니

햇살을 품은 물결 춤추는 들판이며
흐려진 세상 길을 맑히는 청량함은
말없이 일깨워주는 흐르며 비우는 법

푸른 산 맑은 강물 사랑의 다른 이름
상선약수 도리는 깊고도 넓은 마음
끝없는 순환 속에서 열어가는 사람의 길

시원하게 흘러가라 오랜 세월 영원히
사랑하는 고향하늘 대지를 품어 안아
평안과 번영의 노래 행복으로 여울지거라

* 덕천강 : 경남 산청군 지리산에서 발원하여 흐르는 강물

하순희 _ 1989년 《시조문학》으로 등단. 1991년 경남신문, 1992년 서울신문 신춘문예 시조당선. 시조집 『종가의 불빛』『적멸을 꿈꾸며』 등. 단시조집 『청자화병』 외. 경남시조, 중앙시조신인상, 성파시조문학상, 현대불교문학상, 이호우이영도문학상 수상.

한
영
례

자유형으로

험난한 세파 헤엄쳐 건너야 할 때면
심장이 고동치며 머리가 저려오니
팔다리
그 속에 잠겨
좌우로 섞갈린다

태중의 아이처럼 몸을 물에 맡기니
점차 굳은 몸 깊은숨에 나긋하여
온몸이
부레처럼 떠
가볍고 편안하다

두 손 서로 바꿔가면서 숨을 고르고
물 파편 일으키며 앞으로 헤엄치니
이제는
자유형으로
오늘을 건너가자

한영례 _ 2017년 〈시조미학〉으로 등단. 시조집 『누가 말하지 않아도』가 있음. 한국시조시인협회, 한국문인협회 회원. 전 열린시학 이사. 전 마포문협 이사.

동시

권영상　김금순　김마리아

류병숙　박영숙　박정식

박차숙　변금옥　신이림

신정아　유영화　이내경

이성자　이수경　이재순

이화주　장서후　전지영

정광덕　조영미　하청호

홍재현

창문

권
영
상

나비들이
소 발자국에 고인
빗물에 모인다.

나비 날아간 뒤에
가 보니
거기 하늘이 있다.
파란.

그쪽 나라로 가는
창문인 줄 알았나 보다.

권영상 _ 1979년 강원일보 신춘문예와 《소년중앙문학상》 당선으로 등단. 동시집 『엄마와 털실뭉치』 『아, 너였구나』 『고양이와 나무』 등 10여 권. 세종아동문학상, 방정환문학상, 이주홍문학상 등 수상. 한국동시문학회 회장 역임.

살아있는 물

김금순

길을 걷는데 목이 타는 듯하다

그럴 때면 내 혈관은 어김없이
고향집 우물을 찾아 길을 낸다

깊은 산에서 내려온다던 그 물
아무리 가물어도 마르지 않던 물

학교 갔다 돌아오면 등목으로 몸을 식히고
사카린 한 알 똑 떨어뜨려 탄 미숫가루는
얼음을 넣지 않아도 순식간에 더위를 날려버렸다

고향집을 떠난 지 오래지만
아직도 그 물이 내 혈관을 타고 흐르는 듯 저릿한 건

물은 살아서 어디든 가고
어디든 스며들기 때문이 아닐까.

김금순 _ 2021년 《동화향기 동시향기》로 등단. 동시집으로 『씨앗을 심고 걱정을 키운다』가 있음. 2023년 한국어린이교육문화연구원 〈으뜸책〉 선정. 2024 한국아동문학인협회 우수작품상, 강원아동문학회 좋은 작품상.

김마리아

두 얼굴

가뭄에 비
비, 비, 비,
흠뻑 내리면
젖

장마철에 비
출, 출, 출,
너무
내리면
아마

김마리아 _ 2000년 《아동문예》로 등단. 동시집으로 「빗방울 미끄럼틀」 「구름씨 뿌리기」 「키를 낮출게」 「소를 지붕 위에 올려라」 「강아지 흉내를 낸 당나귀」 「갯벌 운동장」 「웃음이 사는 곳」 등이 있음. 새벗문학상. 한국아동문예상 수상. 초등교과서에 「키를 낮출게」 「늦게 피는 꽃」 중학교과서에 「풍차와 빙글바람」이, 교사용지도서에 「흙 먹고 흙똥을 싸고」 「회초리와 아이들」이 수록되었음.

물의 주머니

개울물은
주머니를 가졌다

물주름으로 만든
물결 주머니

안에는 달랑,
음표만 넣어
오늘도 여행 간다

가면서 얄랑얄랑
새어나오는 노래

물고기에게
오리에게
나누어주며 간다
얄랑얄랑 간다

류
병
숙

류병숙 _ 2016년 《오늘의 동시문학》으로 등단. 2019년 강원일보 신춘문예 동시 당선. 동시집으로 「모퉁이가 펴 주었다」 「모래알이 쫑알종알」이 있음. 아르코 발표지원금 받음.

박
영
숙

나∩너

빗방울이
호수에 후드득 후두둑

자리싸움 안 하고
교집합* 만들며

같은 점 있다고
신나서 통통통

* 교집합(∩) : 동그라미 두 개가 겹치는 부분.

박영숙 _ 2022년 《시와소금》 신인문학상 동시 등단. 동시집으로 『해님이 야금야금』이 있음. 2005년부터 (사)어린이도서연구회 회원. 현재 해솔감성글씨연구실 운영.

분수

제 분수 알아서
높게
낮게
제 뜻만큼 뿜어내는
물줄기

나비로 날고 싶어
흰나비로 날고 싶어

꽃으로 피고 싶어
안개꽃으로 피고 싶어

나무로 서고 싶어
수양버들로 서고 싶어

제 분수 알아서
크게
작게
제 꿈만큼 날아 펴 어우러지는
물줄기.

박
정
식

박정식 _ 1991년 《아동문예》로 등단. 동시집 『우리 대나무』 『비디오 판독 중』 『바람도 키가 큰다』 외 다수. 한국
아동문학상, 오늘의동시문학상, 한국동시문학상, 방정환문학상 등 수상.

박차숙

물 위에 쓰는 편지

엄마의 하늘이
물에 와 앉았다

미워요
너무해요
그리워요
보고파요

아빠가 보지 못하게
종이 대신
물 위에 편지를 쓴다

물이 가만가만
내 이야기를 품어준다

박차숙 _ 2021년 (강원문학)으로 등단. 동시집으로 「토마토 연못」이 있음.

물안개

호수 속 물고기 마을
아침마다 김이 모락모락

커다란 솥 올려놓고
찐빵을 만드나봐

시골 외할머니 찐빵 냄새가
물안개 타고 솔솔 퍼지면
물고기들도 나처럼 침이 고일까?

변금옥 _ 2022년 《시와소금》 신인상 동시 등단. 동시집 「아기공룡 길들이기」 등.

신
이
림

물의 집

물의 집
문 여는 소리
귀 기울여 들어보면

빗방울이 들어갈 때는
토독, 토독,

나무토막이 들어갈 때는
텀벙.

돌덩이가 들어갈 때는
첨벙!

물의 집
문 여는 소리
다 다르다.

신이림 _ 1996년 서울신문 신춘문예 동화 당선. 2011년 《황금펜아동문학상》 동시 당선. 동화집으로 「염소 배내기」 「싸움닭 치리」 외. 동시집 「발가락들이 먼저」 「춤추는 자귀나무」 「엉뚱한 집달팽이」 2021년 한국불교아동문학상. 2025년 한정동아동문학상 수상.

노을 진 강가에서

바람은 내 맘 알지.
답답한 마음 사이로
살며시 스며들어
달래주는 바람

강물은 내 맘 알지.
쏟아내고 싶은 마음을
멀리, 부드럽게 흘려보내지.

노을은 알지.
초라한 내 마음을
남은 하루의 빛을
나에게 물들이지.

조금씩
다시
빛나기 시작하는
나

신정아 _ 2012년 《월간문학》(동시), 《시와동화》(동화), 《아동문학평론》(평론) 등단. 동시집 「시간자판기」, 「우리집에 바퀴를 달고」 동화집 「햇살이 된 초침이」 그림책 「안녕!」 등이 있음. 황금펜아동문학상, 새싹문학젊은작가상, 백년문학상 수상. 현재 단국대학교 문예창작과 교수.

유
영
화

하늘을 퍼 나르는 냇물

산골짜기 냇물아
졸졸 흘러서 푸른 바다까지 언제 가니?

우리는 졸졸 흘러가지 않아
바람 타고 하늘에 꼭 들렀다 가지

파란 하늘 한 방울씩 퍼다가
바다에 골고루 뿌려줘야 하거든

몰랐구나?
바다가 왜 파란지!

유영화 _ 2018년 《시와소금》으로 등단. 동시집 『이빨 씨앗』『나도 그래』가 있음. 한국아동문학회 오늘의 작가상. 강원문학교육 작가상 수상. 한국아동문학회 이사. 강원아동문학회 부회장. 강원문학교육연구회 부회장.

개울

언젠가 개울물 들여다보던
그 사슴 잊지 못해 개울은
그의 눈빛 닮은 물빛을 키웠지요

날마다 개울서 노래하던
그 산새 잊지 못해 개울은
그의 노래 닮은 목소리 지녔지요

물놀이하다가 돌아가는
그 소년 기다리며 개울은
정다운 이름을 졸졸졸 부르지요.

이내경 _ 2005년 《아동문예》 문학상(동시) 수상. 동요 「라일락은 향기로 말해요 」「아가를 위하여」「섬마을 그 아이」 등 30여 편 작사.

물의 손

이성자

계곡을 흐르는 물은
이리 기웃
저리 기웃

송사리 떼 노는 걸
물여뀌 춤추는 걸 살피며
흐른다

바위틈에 끼어서
빙그르르 맴도는
낙엽까지 챙겨서
흘러간다

굽이굽이
어느 것 하나 모른 채
그냥 지나치지 않는다

이성자 _ 동아일보 신춘문예 동시 당선. 작품집으로 『펭귄 날다』 『피었다 활짝 피었다』 『기특한 생각』 외 다수. 광주문학상, 방정환문학상, 한국아동문학상 등 수상. 전, 광주교육대학교 및 동 대학원 출강. 현재 〈이성자문예창작연구소〉 운영.

물 뽀뽀

운동장에서 뛰놀던 우리
우르르 몰려갔어
수돗가로

콸콸콸
흐르는 물줄기에
입을 쫑긋 내밀고

후릅후릅
세상에서 제일
긴 뽀뽀를 했어

시원한
물빛 웃음
햇살처럼 반짝였어

이
수
경

이수경(은겸) _ 2009년 조선일보 신춘문예 동시 당선. 2022년 《아동문예》 동화 등단. 저서로 〈꽃기린 편지〉 외 다수. 황금펜아동문학상, 대교눈높이아동문학상, 한국안데르센상, 한국불교아동문학상, 최계락문학상, 한아협 우수동화작품상 수상. 글·빛 놀이터 대표.

물의 근육

논밭 삼키고
도랑 짓뭉개고 화풀이하는
저, 황토물 좀 봐!

콸콸 소리 지르고
뿌지직 부러뜨리고
바위와 씨름하는 물살

집과 외양간 논밭에
울룩불룩 울룩불룩
사나운 심술 근육

엄마의 바다에 닿으면
근육 풀고
순한 바닷물 된다.

이재순 _ 1991년 《월간한국》(시), 2017년 《한국동시조》, 2022년 《월간문학》(시) 등단. 저서로 「별이 뜨는 교실」, 「큰일 날 뻔했다」, 「귀가 밝은 지팡이」, 「나비 도서관」, 「발을 잃어버린 신」, 「마음 문 열기」 등. 한국문협작사상, 방정환문학상, 금복문화상(문학), 이주홍아동문학상 등 수상. 대구문인협회 부회장, 한국문협 이사.

물 한 방울

어느 아이 뺨에서
또르르 굴러내리던 눈물 한 방울과

유리창으로 흘러내리는
빗물 한 방울은

아주 짧은 순간
서로를 알아보았다.

'전에 넌 눈물방울이었고
난 빗방울이었어.'

'그래, 난 너고 넌 나야.'

하나가 된 듯
보이지 않는 손을 잡은 것 같았던
눈물 한 방울과 빗물 한 방울은

또 다른 물이 되기 위해
흘러갔다.

이화주 _ 1982년 강원일보 신춘문예와 《아동문학평론》으로 등단. 동시집 『뛰어다니는 꽃나무』 『내 별 잘 있나요』 외 다수. 그림책 『사자는 생각 중』 외. 손바닥 동화 『모두 웃었다』 등. 윤석중문학상 등 수상.

장
서
후

길 위에 동그라미

직선만 있으면
재미없다고
심심하다고
길 위에도 원이 있다

가끔은 돌아가라고
둘레둘레 주위도 둘러보라고

물은 길 위에
웅덩이, 저수지, 호수……
동그라미를 만들었다

장서후 _ 2003년 《문학세계》, 2006년 《오늘의 동시문학》 신인상 수상. 동시집 「독립 만세」와 일러스트시집 「다시」가 있음. 수원문화재단 지원금 수혜. 목일신아동문학상 수상.

더위에게

돌사자 입에서
쭈르르륵 흘러나온 물이

아기천사의
조르르르 하는 쉬가

더위에게 말했어요.

—잠깐 비켜!

전지영 _ 2022년 《아동문학평론》으로 등단. 동시집으로 『마음 건조기』가 있음. 현재 문화센터 강사.

정
광
덕

밤바다

밤바다에 가 보면
갯마을 아니랄까 봐

캄캄한 하늘에도
집어등 켜 놓았다.

머잖아,
만선의 오징어 배
출렁출렁 오겠다.

정광덕 _ 2012년 《아동문예》로 등단. 동시집 「맑은 날」 전자책&오디오북 동시집 「빙하였다면 어쩔 뻔했어」,
그림책 「여름 대표 선수」 등이 있음. 2022년 아르코문학창작기금(발표지원) 선정, 제34회 전북아동문학상 수상.

물 빛깔

물에도
빛깔이 있어요.

빨간 장미꽃을 비추면
빨간 빛.

파란 하늘 비추면
파란 빛.

물에는
마음의 빛깔도 있지요.

예쁜 마음 비추면
예쁜 빛.

미운 마음 비추면
못난 빛.

조
영
미

조영미 _ 1995년 매일신문 신춘문예 동시 당선. 동시집으로 「숲속의 음악여행」 「식구가 늘었어요」 「바람 달력」 등. 경북작가상, 구미문학상 수상. 한국동시문학회, 한국아동문학인협회 회원. 한국문인협회 구미지부장 역임.

하
청
호

물의 입술

물을 먹는다
부드러운 감촉이
내 입술에 닿는다
있는 듯 없는 듯
슬쩍 내미는 물의 입술

물은 나의 입술을 핥고
몸속으로 흘러간다
목마름을 걷어간다

물의 입술은
볼 붉은 부끄럼도 없다
그냥 그렇게
물속에 감추고 있다가
슬쩍 내민다

하청호 _ 1972년 매일신문, 동아일보 신춘문예 동시 당선. 1976년 《현대시학》 시 추천. 시집으로 『다비(茶毘) 노을』 외. 동시집으로 『빛과 잠』 『잡초 뽑기』 『말을 헹구다』 외 다수. 대한민국문학상, 방정환문학상, 윤석중문학상, 한국문학상 등 수상. 현재 대구문학관 관장.

개구리 수영장

마당 한구석

아기 엉덩이만 한
동그란 웅덩이

할아버지가 개구리 놀라고
파놓으신
개구리 수영장이랍니다

어쩌나!
한겨울이 되어
꽁꽁 얼어버린 수영장

"말 안 듣고 잠 안 자는 놈, 한 놈쯤 있을 테니
그놈도 겨울에 놀 데는 있어야지."

꽁꽁 얼어붙은 개구리 수영
아니아니
개구리 스케이트장

홍
재
현

홍재현 _ 2020년 《시와소금》으로 등단. 동시집으로 『달팽이 사진관』, 『고래가 온다』가 있음. 2025년 어린이문화
진흥회 신인상 수상.

시와소금, 소금시집 판매

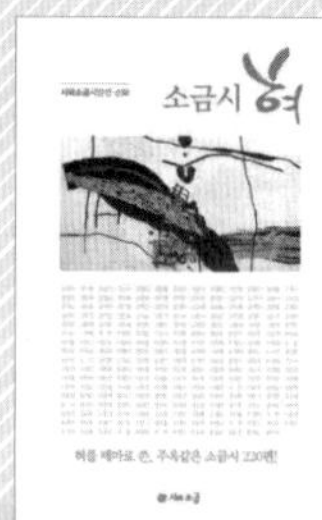

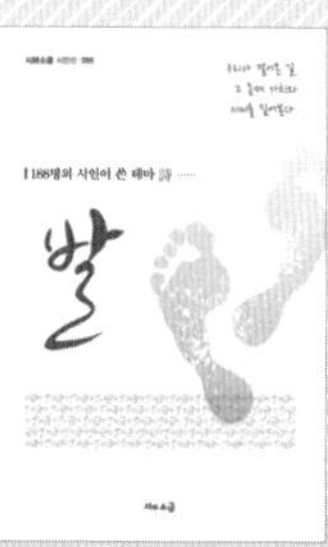

- 2013년 테마 _ 소금
- 2014년 테마 _ 술
- 2015년 테마 _ 혀
- 2016년 테마 _ 살
- 2017년 테마 _ 귀
- 2018년 테마 _ 눈
- 2019년 테마 _ 발
- 2020년 테마 _ 코
- 2021년 테마 _ 손

권당 12,000원 판매(택배비 포함)

(입금계좌: 국민은행 231401-04-145670)

※입금 후 주문한 내용과 책 받을 주소를 알려주세요.

· 24436 강원도 춘천시 충혼길20번길 4, 시와소금 | ☎ 070-8659-1195, 010-5211-1195
· 전자주소: sisogum@hanmail.net | 다음카페: http://cafe.daum.net/poemundertree